U0611674

共和国的历程

救援先锋

解放军奔赴四川抗震救灾

陈栎宇　编写

蓝天出版社　吉林出版集团有限责任公司

图书在版编目（CIP）数据

救援先锋：解放军奔赴四川抗震救灾 / 陈栎宇编写
—北京：蓝天出版社，2014.10 （2023.3重印）
（共和国的历程）
ISBN 978-7-5094-1256-5

Ⅰ．①救… Ⅱ．①陈… Ⅲ．①革命故事－作品集－中国－ 当代 Ⅳ．①I247．8

中国版本图书馆 CIP 数据核字（2014）第 232430 号

救援先锋——解放军奔赴四川抗震救灾

编　　写：陈栎宇
策　　划：金永吉　荆忠峰
责任编辑：梅广才　王燕燕
出版发行：蓝天出版社　吉林出版集团有限责任公司
地　　址：北京市复兴路 14 号
邮　　编：100843
电　　话：010—66983715
经　　销：全国新华书店
印　　刷：北京楠海印刷厂
开　　本：710mm×1000mm　1/16
字　　数：69 千
印　　张：8
版　　次：2016 年 3 月第 1 版
印　　次：2023 年 3 月第 3 次
定　　价：29.80 元

版权所有　翻印必究　如有印装质量问题，请寄本社退换

前　言

　　中华人民共和国自 1949 年 10 月 1 日成立以来，已走过了六十多年的风雨历程。历史是一面镜子，我们可以从多视角、多侧面对其进行解读。然而有一点是可以肯定的，那就是，半个多世纪以来，在中国共产党的领导下，中国的政治、经济、军事、外交、文化、教育、科技、社会、民生等领域，都发生了深刻的变化，中国人民站起来了，中华民族已屹立于世界民族之林。

　　这段时间放到整个历史长河中是短暂的，有如弹指一挥间，但它带给中国的却是极不平凡的。六十多年里神州大地经历了沧桑巨变。从开国大典到 60 年国庆盛典，从经济战线上的三大战役到经济总量居世界前列，从对农业、手工业、资本主义工商业的三大改造到社会主义市场经济体制的基本确立，从宜将剩勇追穷寇到建立了强大的国防军，从废除一切不平等条约到独立自主的和平外交政策，从"双百"方针到体制改革后的文化事业欣欣向荣，从扫除文盲到实施科教兴国战略建设新型国家，从翻身解放到实现小康社会，凡此种种，中国人民在每个领域无不留下发展的足迹，写就不朽的诗篇。

　　六十几年在历史的长河中犹如沧海一粟，但对身处其间的个人却是并非无足轻重的。其间究竟发生了些什么，怎样发生的，过程怎样，结果如何，非人人都清楚知道的。对此，亲身经历者或可鲜活如昨，但对后来者却可能只是一个概念，对某段历史的记忆影像或不存在或是模糊的。基于此，为了让年轻人，特别是青少年永远铭记共和国这段不朽的历史，我们推出了这套《共和国的历程》。

《共和国的历程》虽为故事形式，但与戏说无关，我们是想借助通俗、富于感染力的文字记录这段历史。这套丛书汇集了在共和国历史上具有深刻影响的重大历史事件。在丛书的谋篇布局上，我们尽量选取各个时代具有代表性的或深具普遍意义的若干事件加以叙述，使其能反映共和国发展的全景和脉络。为了使题目的设置不至于因大而空，我们着眼于每一重大历史事件的缘起、过程、结局、时间、地点、人物等，抓住点滴和些许小事，力求通透。

历史是复杂的，事态的发展因素也是多方面的。由于叙述者的视角、文化构成不同，对事件的认知或有不足，但这不会影响我们对整个历史事件的判断和思考，至于它能否清晰地表达出我们编辑这套书的本意，那只能交给读者去评判了。

这套丛书可谓是一部书写红色记忆的读物，它对于了解共和国的历史、中国共产党的英明领导和中国人民的伟大实践都是不可或缺的。同时，这套丛书又是一套普及性读物，既针对重点阅读人群，也适宜在全民中推广。相信它必将在我国开展的全民阅读活动中发挥大的作用，成为装备中小学图书馆、农家书屋、社区书屋、机关及企事业单位职工图书室、连队图书室等的重点选择对象。

编　者
2014 年 1 月

目 录

目 录

一、 挺进汶川

● 中央军委向部队下达命令："不惜一切代价进入汶川！"

● 冒着一次又一次余震，救援官兵组成一支突击队爬山、涉水、攀岩，夜行军、急行军，英勇无畏地踏上了徒步挺进汶川的征途。

● 5月13日23时15分，王毅带领200名突击队员到达汶川县城。他们是第一支到达汶川的救援部队。

共和国的
历程
·救援先锋

军委调兵紧急出动

2008 年 5 月 12 日下午，汶川地震刚刚发生，中共中央总书记、国家主席、中央军委主席胡锦涛就发出指示，要求灾区附近驻军和武警部队迅速出动，协助地方党委、政府和人民群众抗震救灾。

5 月 12 日晚，在中央政治局常务委员会召开的会议上，胡锦涛再次要求，立即组织人民解放军、武警部队、民兵预备役和医疗卫生人员，尽快赶赴灾区，全力抢救受伤人员。

灾情就是命令，时间就是生命！

迅即出动兵力驰援灾区，成为军队抗震救灾工作最重要、最紧迫的任务。

正在昆明部队调研的军委领导根据胡锦涛的重要指示，立即对组织部队参加抗震救灾作出安排，并赶赴四川灾区，奔波于各个重灾地域，在第一线指挥部队抗震救灾。

以总参谋长陈炳德为组长的军队抗震救灾指挥组迅即成立，在国务院抗震救灾总指挥部统一指挥下展开工作。指挥组先后 4 次开会，分析研究形势与任务，部署指导部队抗震救灾。

遵照胡锦涛和中央军委的命令，总参谋部快速下达命令，调兵遣将。

总政治部及时发出做好部队抗震救灾政治工作的指示，并派出工作组到一线指导。

总后勤部火速调集大批救灾物资，组织医疗队奔赴灾区。

总装备部为救灾部队调配的各种专业救灾器材，源源不断运往灾区。

北京西郊，设置在这里的军队抗震救灾指挥组办公室异常忙碌。电话铃声此起彼伏，工作人员面色凝重，脚步匆匆，通报灾情，筹划用兵，调配运力，下达指示，忙而不乱，紧张有序。

灾情紧，军情急。一道道命令火速下达，一趟趟军列昼夜兼程，一架架军用飞机紧急升空，一支支精锐之师奔赴抗震救灾的战场……

地震发生 13 分钟后，军队应急机制全面启动。

地震发生 2 小时 7 分钟后，成都军区两架查看灾情的直升机冒雨起飞；5 小时 30 分钟后，扬名海外的中国地震灾害紧急救援队共 227 人乘专机紧急赶赴灾区。

第一时间，驻灾区部队第一批 9000 多人紧急出动，南北并进疾驰抗震救灾一线。空军各机场、各部队、所有运输机全部按照随时出动的要求，完成夜间起飞准备。

地震发生不到 10 个小时，就有 1.2 万多名解放军和武警部队官兵进入灾区展开救援。

争时间，抢速度，救生命！空军实施了非战争军事

挺进汶川

行动中强度最大的一次空运行动。

从 5 月 13 日 7 时 45 分起，23 架军用运输机和 12 架民用客机，不间断飞行 78 架次，将全国各地集结的 1 万多名官兵及救灾装备运抵成都 4 个机场。

这一天，中国航空史和我军历史上单日空运兵力最高纪录被改写。

这一天，成都、绵阳机场上空始终有飞机在盘旋等待降落，油料补给和空管保障马不停蹄地运转。

非常时刻，非常决策。5 月 14 日，党中央又作出决定，增派人民解放军、武警部队、公安消防特警，并配备必要的器械和工具，迅即赶赴灾区一线，全力投入抢险救灾。胡锦涛多次打电话给中央军委副主席郭伯雄等，要求部队全力抢救被困群众，在抗震救灾中发挥主力军和突击队作用。

5 月 15 日，经胡锦涛批准，中央军委再次调集 61 架军用直升机火速转场执行救灾任务，16 小时内从全国各地全部飞抵灾区，我军历史上最大规模的直升机行动在四川西北展开。

随后，中央军委决定动用军队战略储备，再次向灾区紧急空运 1.27 万顶军用帐篷、10 万份单兵作战食品、20 万件御寒衣被、18 辆医疗救护车、200 台野外发电机、200 台切割机、100 万双手套、100 万副口罩等共计 1450 吨急需物资器材。

3 天时间内，中央军委连续两次大规模增兵。

空中运送、铁路输送、摩托化开进、徒步强行军、水路突进……奉命参加抗震救灾的部队全力挺进受灾群众最需要的地方。

这时，济南军区著名的"铁军"赶到了，曾经威震上甘岭的某空降兵部队赶到了，远在南海之滨的海军陆战队赶到了，广州军区某陆航团赶到了……解放军总医院高级专家医疗队、第三军医大学医疗队、沈阳军区医疗队、"华益慰医疗救援队"等105支部队医疗队和两个野战方舱医院也紧急赶到。

在陇南和陕南，兰州军区空军及当地武警部队4000多名官兵，也在第一时间迅速抵达灾区，展开救援行动……

数日之间，先后投入抗震救灾的部队总兵力达13万余人，来自各大军区、各军兵种和武警部队，专业兵种包括地震救援、侦察、通信、工程、防化、测绘、气象、医疗防疫、修理等20多个，涉及范围之广、救援力量之多、投入速度之快，均创我军抗灾历史纪录。

13万大军肩负着党中央、中央军委和胡锦涛主席的重托，火速来到灾区，抢救受灾的人民群众。

挺进汶川

联合指挥部高效运转

在地震发生后第一时间，中央军委要求全军和武警部队要急灾区人民所急，想灾区人民所想，以雷厉风行、敢打硬仗、不怕疲劳的作风投身抗震救灾，不惜一切代价，确保人民群众生命财产安全。

为统一组织指挥全军和武警部队的抗震救灾行动，中央军委决定成立军队抗震救灾指挥组。

遵照胡锦涛和中央军委的命令，总参谋部下达了"开展抗震救灾工作的紧急指示"，在全军范围内调集兵力支援灾区。

总政治部发出"抗震救灾中的政治工作指示"，要求各部队在抗震救灾中发挥突击队作用。总政派出精干工作组到一线指导；派出一批心理专家奔赴灾区，为灾区群众和部队官兵开展心理疏导；为救灾部队配发了17万台收音机，指示《解放军报》每期加印1.4万份报纸，每天送抵前线部队。

总后勤部火速调集了价值3000万元的帐篷、食品、药品等大批救灾物资，组织起大批医疗队开赴灾区。

总装备部为救灾部队配备的各种救灾器材，也源源不断地运往灾区。

总参谋长陈炳德、总政治部主任李继耐、总后勤部部长廖锡龙、总装备部部长常万全，亲自部署各总部的抗震救灾工作。

与此同时，中央军委、总部果断决策，授权成都军区组成抗震救灾联合指挥部，在国家抗震救灾总指挥部和中央军委的指挥下，统一指挥和调度震区三军部队13万官兵。

成都军区党委积极落实军委决策，在各抗震救灾部队基本到位后，立即组织召开成立抗震救灾联合指挥部紧急会议。

会议决定成立由各个救灾部队领导参加的100人联合指挥部，成都军区司令员李世明任抗震救灾联合指挥部总指挥、党委副书记，成都军区政委张海阳任联合指挥部政委、党委书记。

从一开始成立，联合指挥部就建立了高效运转的机制。联合指挥部机关设立指挥协调组、政治工作组、联勤保障组、装备保障组四个部门。

为了让部队指挥更迅捷，联合指挥部根据各个重灾区的位置，分设5个责任区。同时，每个责任区再设立部队指挥部，从而建立起四级指挥体制：军队抗震救灾指挥组、成都军区抗震救灾联合指挥部、各责任区的指挥部、作战救灾部队。

成都市北校场，成都军区抗震救灾联合指挥部，救灾三军的"中军帐"，成了一部高速运转的指挥机器：身着各色迷彩服的陆、海、空三军指挥员一刻不闲地接受

挺进汶川

上级指示，紧急布置救援任务，调配兵力、调动飞机、协调指挥……墙上大屏幕，实时显示着灾区各地的实况画面。

各种大大小小的抗震救灾兵力部署图，挂满了墙壁的四周。电话声此起彼伏，各救灾一线的战报，通过一根根银线汇聚在这里，党中央、国务院、中央军委的命令一次次传递到这里……子弟兵在指挥部的统一调配下，在救灾中发挥着中流砥柱的作用。

在成都军区抗震救灾联合指挥部党委领导下，各个责任区和任务部队共成立了 300 个临时党委和近千个临时党支部，对抗震救灾部队实施了坚强有力的集中领导，推动四级体系、三军协同、军地配合的联合指挥机制，高效顺畅运转。

突击队寻路进汶川

2008 年 5 月 12 日下午，汶川特大地震发生后，汶川及周围的茂县、北川等地，一时间音讯皆断。

震中汶川，中南海尤为关注。

2 个小时过去了，4 个小时过去了，10 个小时过去了……那里的灾情究竟如何？ 10 万受灾受困群众的情况到底怎样？

党中央、国务院、中央军委急需了解汶川的情况，胡锦涛和温家宝焦急地等待着来自汶川的消息。

空中路线被暴雨和浓云阻断。成都军区某陆航团派出的直升机 6 次试图着陆都无法成功。

5 月 12 日下午，成都军区抗震救灾联合指挥部下达命令：

不惜任何代价进入汶川！

这道命令简捷而不容商量，从将军到士兵都明白它的分量。党中央的目光在这里，全国人民的目光在这里，世界的目光聚焦在这里。

部队闻令而动。

脚下，是湍急的江水；头上，是不断滚落的山石。

冒着一次又一次余震，救援官兵组成一支支突击队爬山、涉水、攀岩，夜行军、急行军，英勇无畏地踏上了徒步挺进汶川的征途。

成都军区抗震救灾联合指挥部里、都江堰前线指挥部的帐篷里，在展开的航拍图上，汶川的那一块就像被打翻的墨水瓶污染一般：

山体坍塌、河川变形、道路毁损，所有能通往汶川的路都断裂了！213国道、317国道原本都穿汶川城而过，可现在，路基塌陷、路面翻裂……

从各方不断奔赴而来的救援队伍拥堵受阻，有力使不上。大型机械、医疗队、食品、药品、救援物资……一切一切，无路可走！飞行条件差，无法降落。空投、空降就如石投大海一般冒险、徒劳。

难道就束手无策？军区抗震救灾联合指挥部，像聚焦灯一样盯着汶川，前方总指挥李作成副司令和各级指挥员的眼睛一刻都没有离开过地图。他们几乎是竖着耳朵在等待前方传回的消息。

但是，坏消息还是如此地一致：中断！中断！无法通行！

受命指挥麾下部队参加救灾的某集团军军长许勇，几乎将手中的灾区地图画破，一道一道的红线画过，哪条才是通向震中汶川可能的路线？

这位曾经在枪林弹雨中经受过战争磨砺的军长深深知道，部队早一分钟到达灾区了解灾情，党中央、中央军委就可以早一分钟制订出决策方案，灾区人民就可以早一分钟获得重生的希望。

责任、使命、良知、义务加在一起，如火焚心！不能就这么等下去！

许勇当机立断下达命令：

派出部队徒步进入震中区！

受命的某炮兵团副参谋长杨卫东，带领连他在内共22人的突击队，携带少量水、干粮和一部卫星电话于12日22时向震中进发！

突击队行进7公里后，到达进山路口。为确保人员安全，杨卫东将队伍分为3组，一组带路，一组随行，一组收尾，沿岷江左岸攀行。

此时，震动的山体不断出现泥石流、滑坡，巨大的石块轰隆隆往下掉。

没有指北针、没有开路工具、没有照明设施，杨卫东带领突击队攀着山体，抓住公路边的栏杆，顶着强烈余震艰难前行。

到达紫坪铺电站后，这里的职工告诉他们，山路早已被震毁，要继续前行，必须翻过电站的拦水大坝。大坝最高处达156米、总库容可达11.12亿立方米，经历了8级地震的大坝看上去似乎依然稳固。

稳固也罢、危险也罢，这种情形之下的杨卫东几乎

挺进汶川

没有经过思考，就带头快步向大坝上爬去。

但是，他刚一到大坝边，让人望而生畏的情景就显现在眼前：大坝的围墙上布满常见而有效的防护，满是固定着的碎玻璃，根本无法攀爬。此时，三级士官张成勇用手电照了照，发现围墙外就是悬崖，看不到底，根本走不过去！

天色一片漆黑，脚下的泥泞道路虚虚实实，但是灾情、命令、责任让突击队员们无暇考虑困难。

> 同志们，咱们今天就要拼命往前冲，一定要第一时间赶到灾区，大家别怕，跟着我！

杨卫东说完后，深吸一口气，猛然跨步抱住围墙拐角，手指紧紧抠在砖块缝隙间。

随即，他伸出左脚探了探，一脚果断踩下去。

万幸！脚刚好卡在墙边的一块大石头里。

他将另一只脚顺势往前一跨，悬在半空中的身子霎时敏捷地翻了过去。

胆大心细，沉着冷静，22 名队员终于逐一翻过大坝。脚底踩到了泥土，大家才感到了刚才那一幕的惊险。

说不害怕，那是假的，上等兵孙波觉得小腿肚子有点抽筋，脚下发软。

杨卫东接着命令全体队员："不要松劲，继续赶路。"

小分队风雨兼程，继续前行。

路上到处摆着被巨石砸得面目全非的汽车，杨卫东不小心撞在一辆车上，车灯随即闪烁几下。借着灯光，他看了看表，此时已是 13 日 3 时。

突击队出发后的这 5 个小时，指挥部里的许勇几乎是数着时间在过。

13 日 1 时 15 分，幸存的汶川县县委书记王斌，曾经通过卫星电话艰难地传出了生的信息，让大家感到了汶川的脉动。但是，这太微弱了，稍纵即逝。

此后，又是漫长、绝望、不安的静寂，静寂得令人窒息……

出发 5 个多小时了，杨卫东决定先向指挥部汇报一下情况，但是卫星电话根本没有信号。没有信号，只有不停地前进。

下半夜的雨越下越大，山上滚石飞落，地下泥泞陷脚。到达白云顶隧道口的突击队，遇到了五六十名受困群众。

惊慌失措的受困群众对他们的出现喜极而泣，他们要求跟着突击队一起走。

杨卫东是无法答应这个请求的。因为突击队的任务是继续、继续、继续尽快赶路。但他还是安抚他们，将他们带出隧道，安顿到一个相对安全的地方。

此时，天空开始显现亮色，大雨渐成中雨。6 时，突击队到达寿江大桥，桥已断裂，沿途道路塌陷更是严重。

杨卫东找了一个空旷的地方，让通信兵打开卫星电

挺进汶川

话与部队联系，可联络了 20 分钟，仍无信号。

就在他们即将灰心的时候，断若游丝的信号传来一点根本不能听清楚的声音。而这似通非通的信号根本无法汇报这一路所见的严重灾情，根本不能告诉指挥部这一路的险象！

同样，指挥部除了知道了突击队基本安全之外，没得到任何有价值的信息。突击队理解指挥部的焦急，就像指挥部理解突击队的危险一样。

这一夜，都是无眠。

2008 年 5 月 13 日 7 时，温家宝来到都江堰救灾指挥部。

风尘仆仆、神情严峻、眉头紧锁、两鬓微霜的总理最关心的，还是不遗余力地救人！最挂心的，还是重灾区汶川！

中午，军委副主席郭伯雄到指挥部，对部队的指示依然是：

多方向急进，以最快速度、不惜一切代价抵达重灾区！

时间一分一秒，慢得揪心；时间一分一秒，快得心悸！

突击队没有消息传来，汶川依旧静悄悄。

指挥部里，眼睛布满血丝但精神却高度亢奋的许勇，头脑像飞轮一样运转。

焦急不是办法。这位 49 岁的将军暗暗命令自己冷静、冷静、再冷静，深思、深思、再深思。深厚扎实的综合军事素养，最终在关键时刻赐予了他灵感，他想到了水路！

沿都江堰溯流而上，过了紫坪铺水库，上游就是映秀镇。如果从水路进去，再沿江边跋涉，一定可以打出一条快捷的通道！

许勇命令工兵团火速运来 3 艘冲锋舟，从水路突进震中。

就在许勇想到这一点时，到达映秀镇的突击队传回了重要消息！

12 时，到达后的杨卫东向被困在映秀镇的阿坝州政府副秘书长了解灾情，立即命令通信兵拨通卫星电话报告情况。

团指挥部电话打不通，他当机立断拨通军区指挥部电话，第一时间报告了映秀镇的灾情："这里灾情非常严重，急需人员和装备救援……"

这条消息就像拨开乌云透出的一束阳光，让重灾区的情况初为人知，为中央的正确决策起到了关键作用。

这次地震的震中，位于北纬 31 度、东经 103.4 度的阿坝州汶川县映秀镇，距离汶川县城 60 多公里，而距都江堰仅 30 多公里！

这一消息，更激起了许勇心中的战斗激情。他毅然

挺进汶川

决定靠前指挥，亲自到第一线去，到灾情最严重的地方去，用自己的双脚踏出一条生命通道！

13日16时30分，许勇带领精心挑选的33人突击队开始向震中挺进。

33人的突击队赶到紫坪铺水库时，借着天色才看清，大坝出现了裂缝，两岸山体滑坡，巨石飞滚，溅起冲天的浪花，令人心惊不已。

直通水库的山道也被滑坡阻断，要把重达千斤的冲锋舟运下去，除非铁臂巨人。

先前赶到的阿坝州州委书记侍俊此刻站在山腰，正焦急等待着。

上，还是不上？随行人员担心地说："军长，实在是太危险了，另想办法吧！"

此时此刻，雨越下越大，余震接二连三，泥石雨点般地从人们身后滚滚落下。

此时此刻，被困的群众在等待救援的脚步，党中央在等待灾区的消息，全国人民盼望着解放军的身影出现在重灾区，有多少濒临死亡的生命在发出求生的呼唤啊……哪怕前面是刀山火海，也只能拼死一闯！

风雨中，许勇沉默片刻，吼了一声"走"，就率领战士们齐声呐喊往水库边冲去。

他们奋力地拖着冲锋舟，手磨出了泡，肩磨出了血，终于将冲锋舟抬到了水库边上。

许勇马上跳了上去，冲锋舟刚刚启动，突然，一名参谋猛地将许勇扑倒："军长小心！"

此刻，一块巨石呼啸着从山坡滚下，溅起冲天大浪，3艘冲锋舟被高高抛起，差点儿被掀翻。

随行人员再次劝军长别去了，另想他法。许勇黑着脸说：

只知道躲进战壕的人，只有资格等死！继续开！

水面怒涛汹涌，两岸轰鸣如雷。水面雾气弥漫，能见度极低，尽管操纵员左冲右突，最前面的船还是好几次差点儿撞上迎面而来的断树、浮木，船体一次次被抛起，又一次次落下，犹如越野腾空的赛车。余震造成的飞石不断滚下，随时都会给船上的人造成致命一击。其艰难，其危险，可以想象，又难以想象！

此时，许勇的每一根神经都绷得紧紧的，他警惕地观察着两岸和前方的情况，沉着冷静地指挥3艘冲锋舟冒险前行。在一个狭窄的隘口，冲锋舟几乎是从漫天的沙雨石流中冲过去的。

突然，一块上百吨的巨石滚入湖中，刹那间，一股大浪以排山倒海之势压了过来，像原子弹爆炸后的冲击波，所有人都被高高抛起。

一个半小时后，前方水流越来越湍急，险滩遍布，无法再前行了。许勇指挥小分队在靠近漩口铝厂的地方

挺进汶川

登陆，徒步前进。

此处离映秀镇仅有 6 公里，但由于 70% 以上的路面遭到破坏，桥梁全部被毁，行进路上到处都是塌方，最长距离的两处达 200 多米，巨石挡道，泥泞不堪，突击队只能按"S"形路线前进，行进速度无法加快。

一会儿上山，一会儿下山，不到百米的直线距离，却要绕行几百米。每个人的鞋都灌满了泥浆。许勇的鞋也几次陷入泥浆，他只好光着脚提着鞋前进，到了稍好的路面再穿上鞋走。

跟随他的几个年轻人都累得快挪不动步了，49 岁的许勇却依然走得很快。其实他也已经很累很累，头上悬着摇摇欲坠的巨石，脚底是没过脚背的泥泞，那种艰辛危险，丝毫不逊于当年他冒着炮火穿插在南疆丛林中。

但是，作为这支战功赫赫的部队的最高指挥者，许勇深知自己就是官兵的灵魂，更何况人命关天，十万火急，绝不能有半点儿懈怠。平时他一再告诫他的部属："军人一旦受领任务，就是火箭点燃了发射器，任何一秒钟的误差，都会带来一生的悔恨。"

20 时，他们终于抵达了汶川映秀镇。

先期到达的杨卫东看着好像从泥里捞起来的军长时，有点儿惊愕。直到接过杨卫东递上来的鞋，许勇也没想起，自己的鞋丢在走过的哪一段泥泞中了。

当许勇在第一时间看到映秀镇时，这个曾经宛若世外桃源的小镇，已变成惨不忍睹的人间地狱，多少生命挣扎在死亡边缘等待救援，那惨烈情形深深震撼着他，让他更深切地领会着"生命线"的含义。

幸存的老百姓多数都逃上山避难。昏暗的废墟中，不断传来呻吟声、呼救声。汶川县张副县长赶来向他报告，映秀受灾非常严重，常住人口5000多人，就有2700多人被埋进废墟。大量伤员急需救治，食品、饮用水、药品极度短缺……

许勇一面组织部队立即救援，一面通过海事卫星电话向军区指挥部首长报告灾情。这位铁骨铮铮的汉子，刚说一句"这里已经有2000多人被埋进去了"，就哽咽得说不出话来了。

夜深了，战士们从残垣断壁中刨出一块门板，给他们的军长搭了一张"床"。劳累交加、身心疲惫的许勇，却久久无法入眠。他坐在火堆旁，一边烤着湿透的军装，一边思考着第二天的部署。

但是，刚进映秀镇时的一幕总是困扰着他，挥之不去：在映秀小学的废墟中，正在寻找儿子的老教师王茂乾热泪盈眶、嘴唇颤抖，昏暗中，那种苍老、无助与绝望深深刺痛着许勇的心。

一个月前，许勇19岁的儿子刚刚因病去世。他懂那种心如刀绞、痛到骨髓的感觉。他明白那种失去至亲骨肉的滋味。此时这里，又有多少人间悲剧在上演。

许勇把自己的悲伤深深埋进心底，他知道最好的方式就是尽快地救出受灾群众，多救出一个人，就会少一

挺进汶川

分伤痛。

在与先期到达的 22 人突击队会合后，许勇立即组织官兵就地展开救援工作。可是，路，还是路，原本应是通途，现在却从中作梗。

外面的救援物资运不进来，里面受灾群众送不出去，食品、饮用水、药品等极度短缺。大型机械运不进来。轻装快速赶来的部队只携带了简单的工具，用铁锹铲、用手刨显然不能解当前燃眉的救援之急。

后勤补给更是难以维系。虽然有直升机空运，但比起需求，简直是杯水车薪。部队官兵已几天吃不饱肚子了，30 个人才能领到 4 瓶矿泉水。饥饿困乏的战士们只好去接山上流下的泉水，这在污染严重的灾区是相当危险的。作为军长，他怎能不着急？怎能不忧心如焚？

路，至关重要，但从来不会像现在这样关乎性命。不是一个两个，而是成千上万！

在地震后两个小时就站在了灾区余震中的温家宝说：

要尽快打通通往重灾区的道路！

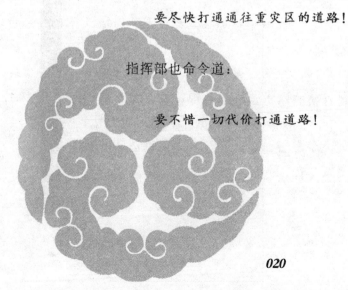

指挥部也命令道：

要不惜一切代价打通道路！

第二天一早，炮兵团 400 多名官兵也沿着这条军长闯出来的"生命线"进入映秀镇。一夜未眠的许勇就指挥先期到达的官兵们展开了营救，手刨肩扛，救出 9 名幸存者。同时开始部署抢修道路，抢救受灾严重的乡村。

许勇军长对他的工兵处长说："今天下午 6 点能否全线打通？"

工兵处长："我们本来可以提前修好的，谁知余震后又滚下成吨重的大石头，堆了几百米……"

许勇厉声打断处长的话："我不问过程，我只要你 6 点准时通车这个结果！"

"是！"

看到工兵处长跑步离开，许勇的心情也非常复杂。他何尝不知，为抢通这条临时公路，先期到达的炮兵团与随后赶来的官兵们已累得精疲力竭。

一些士兵在等待爆破的间隙，就躺在路边的碎石泥浆里睡着了，他们的手上脚上全是血泡，他们的肚子里却没有填过一顿热饭。有的战士从投入救灾以来就没有睡过一个囫囵觉，双眼血红，神色憔悴，可他们还是一刻不停地奋战在第一线。

许勇心疼，不忍，但他没有权利在这个时候心软啊。

只有让这条路"活"起来，灾区人民才能"活"起来！这是一条关系到几千名老百姓安危的生命通道啊！必须让官兵们发扬不怕疲劳、连续作战的精神！必须让部队发挥更大的战斗力！必须不讲任何条件地打通道路！

从都江堰沿岷江，经漩口、过映秀、到汶川约有 90 公里路程。这里曾于 2007 年建成通车的都汶高速，全程 82 公里，两地之间仅需一个多小时便能沟通。但现在，路早已不复存在了。

13 日稍晚，在许勇带领的 33 人的突击队出发后，炮兵团政委何洪田就奉命率 200 名官兵将道路打通至紫坪铺水库大坝，并在大坝左岸抢建临时码头，为大部队从水路突入映秀建立"出发阵地"。随后，他又带领官兵乘冲锋舟，突进漩口，急行军 6 公里赶到映秀。此后源源赶到的官兵沿此道路进入，成为震中救灾的主力部队。

2008 年 5 月 12 日下午，在汶川地震发生后，在道路的另一头，同样也有一位将军在徒步向震中挺进。

地震发生后，四川省军区副司令李亚洲将军，马上召集阿坝军分区领导召开紧急会议。

半个小时后，军分区独立营 85 名官兵、10 余人的医疗小分队、200 多名应急民兵就已全部集合完毕，机动车辆准备就绪。接到省军区的命令后，12 日 15 时 25 分，这支队伍出发，直奔汶川。

余震摇动地面，飞石击打车辆。熟悉的美景全部不再，只有暗藏的危机。

坐满人的车队急速驰行，地震波偶尔也会让车里的人心跳加快。

20 时，车队快抵达米亚罗时，塌方将前面的道路阻断。天开始下雨，并越来越大。

跳下车的李亚洲搬起一块石头，一挥手，说："就是用手刨，也要刨出一条路来！"

在他的带动下，所有的人都行动起来。搬石头、铲泥土，奋战近一个小时，抢出了一条可以通过车辆的道路。

山里的夜晚，特别的黑。车队紧裹在黑暗里颠簸，艰难、小心地前行。

当车队行至离汶川还有 90 公里的古尔沟镇时，再也走不了了：大片的塌方和泥石流将道路阻得水泄不通。大雨、塌方和泥石流，将情况变得更糟糕。

李亚洲一面命令部队加紧抢修道路，一面冒雨步行前往现场查看。看到道路损坏严重，无法短时间抢通，李亚洲的眉头更紧了：汶川大地震如此剧烈，灾情一定很严重，肯定会有大批部队和救援物资需要运抵灾区，道路中断，无疑是卡断灾区人民的生命线！无论如何要抢修出一条生命线！

于是，李亚洲决定，立即组织当地民兵抢修道路，先从古尔沟向理县贯通，待抵达理县后，再组织民兵从理县向古尔沟抢修。双向全力以赴，一定要为救灾大部队的到来争取宝贵时间！

随即，他对部队宣布了一条命令：

徒步走进汶川！

徒步走进汶川！谈何容易！且不说这近 100 公里的

路程，就说这夜、这雨、这不断的余震、这飞石、这见不到底的深谷！走这条路需要体力、需要勇气、需要精神，但这一切——李亚洲举重若轻，他又是一挥手，操着浓重的四川话说：

没得啥子不得了，跟着我走就是！

他大步迈出，全体官兵迅速跟上。

夜越走越黑，雨越下越大。

黑暗中，人的听觉变得更敏锐。山体滑坡的声音背后，还有山体内部的喘息与共鸣。江水在耳边咆哮、怒奔，就像在与山争吵。

沿着被震塌的山路而行，脚下悬崖空谷回响着呜呜风声。但大家还是能够敏锐地判断出余震抖落的石头、石块和石流。这声音可以把心揪到嗓子眼。

就在他们刚刚小心地爬过一片塌方，身后突然传来一阵隆隆巨响。半步之遥的身后，又是一股泥石流倾泻而下。

行军中，有人被气流冲倒，有人被飞石击中，李亚洲也重重地跌倒，幸而没有人员伤亡。

大家扶起李亚洲，他还是呵呵一笑："从哪里跌倒，我就会从哪里爬起来。"

可用电筒回头一照，大家都一身冷汗，若慢半步，可就全军覆没了。在幸运感产生的同时，悬着的心反而放平了。

电筒没电了。幸存的老百姓劝他们不要再前行了。越接近震中区，危险当然就越大。

一次余震中，一块乱石飞来，擦着李亚洲的帽檐掉在他的脚下，后面的人吓了一跳。不少人认为在黑夜里走太危险，最好是就地找个安全的地方休息，天亮再走。

"若是真正的战争，能允许半途而停、条件转好再出发吗？"李亚洲鼓励大家继续前行。

历尽险途，行进30多公里，13日3时50分，浑身湿透、满身泥浆的他们到达了理县县城。

一到达，李亚洲立即召集当地军政领导了解受灾情况，部署当地民兵投入救灾工作。同时，他还命令迅即组成两个抢修道路的民兵突击队，一路向汶川开进，一路向古尔沟方向抢通。

安排完这些，已是5时。

省军区政治部干事谭万洪给他端来一碗方便面，过一会儿来取碗时看见，李亚洲已端着方便面睡着了……

14日晨，李亚洲带领部队再次出发，伴着一路大雨和一路余震，徒步行进58公里，于14日14时35分到达汶川县城，并通过卫星电话，报告给了军区首长、军区抗震救灾联合指挥部。

与外界隔绝30多个小时后，汶川盼来了穿迷彩服的救援官兵。那一刻，激动万分的受灾群众情不自禁地喊出了"共产党好"、"解放军好"的口号。

挺进汶川

此时，李亚洲顾不上触目惊心的伤痕，来不及再歇一口气，满脸尘土、一身泥泞，就直奔汶川县救灾指挥中心。

很快，以阿坝州委副书记陈贵华为指挥长、李亚洲为副指挥长的汶川地区军警民抗震救灾指挥中心成立。

受军区首长委派，李亚洲全面指挥协调所有赴汶川地区部队，包括武警部队的抗震救灾工作。

至此，大地震后的汶川县和震中映秀镇，就好像离开了地球片刻后又回来了。

5月14日，由成都军区某师官兵组成的救援队，把绳子绑在身上相互牵拉着，在悬崖峭壁上开辟出营救受灾群众的生命通道，由地面迅速赶到茂县。

同日，空降兵某军特种大队，100名伞兵全部立下生死状，15名神勇伞兵冒着生命危险超条件伞降到茂县，迅速报出了当地灾情。

救援大军挺进汶川

2008 年 5 月 13 日 23 时 15 分，武警某师参谋长王毅，率领 200 人的挺进分队 21 小时强行军 90 公里进入汶川县城，用海事卫星电话第一个报告了汶川的情况，为党中央决策提供了重要依据。

在 5 月 12 日汶川地震后，通往汶川的道路中断、通信中断、电力中断，派往汶川的救援队伍全部受阻，汶川一时间成了与世隔绝的"孤岛"，汶川外的人无法知道汶川内的灾情，汶川内的人无法向外传递信息。汶川县 10 多万百姓生死不明……

就在大地震发生的那一刻，武警某师参谋长王毅，正带领部队在马尔康驻训。地动山摇之后，他本能地作出的第一个反应是紧急避险，下令部队迅速撤离营房。

震感如此强烈，震中在哪里？作为部队指挥员，他脑海中闪现的第二个念头是带领部队抢险救灾。

见部队安然无恙，王毅立即集合队伍，向部队下达命令："按照一级处置方案，做好抢险救灾的应急准备。"

王毅看了看表，时间是 14 时 56 分，距地震发生只有 28 分钟。部队整装待发，只等一声令下。

果然，16 时 20 分，王毅接到上级命令，指示他带领 600 多名官兵赶赴震中汶川实施救援。

马尔康距汶川200公里,正常情况下,最多不过4个小时的车程。眼下是特殊时期,和时间赛跑就是和生命赛跑。王毅要求部队全速摩托化开进,提前一分钟到达,就可以多挽救几条生命。

部队出发之际,天突然下起大雨。陡峭的山路,瓢泼的大雨,长长的车队像一条长龙,跳跃着、游弋着,划破漆黑的夜空。

"提高车速,注意安全!"坐在指挥车上的王毅一边注意观察道路,一边指挥车辆前行。车轮在加速,他的心跳也在加速。

13日1时,经过9个小时的快速开进,部队到达一个叫古尔沟的小镇。前方的路被堵塞了,这是马尔康通往汶川的唯一通道。

路中央巨石密布,飞石不停地从山上滑落。从军事地图上看,这里距汶川还有90多公里。

是前进还是停止?徒步前进,数百名官兵有生命危险;停滞不前,10多万汶川的父老乡亲正等待救援。

王毅要作出抉择。

生命大于天,使命重如山!关键时刻,王毅果断决策:绝不半途而废,徒步进发汶川。

具体部署是:车辆和重型设备留人就地看管,现有人员分成两个梯队,第一梯队200人由党员和骨干组成突击队,携带必需的压缩干粮、水和抢险工具,徒步前进,不惜一切代价,排除一切困难,以最快的速度到达汶川；其余官兵组成第二梯队，就近转入理县抢险救灾，随后开赴汶川。

此时，10 名勇敢的女兵要求加入第一梯队，王毅参谋长同意了她们的请求。她们大多是医护人员，抢险救灾现场，她们是不可缺少的重要力量。她们能经受得了这非同寻常的考验吗？

走在队伍最前面的王毅不停地向下传达指令：

5 人一组，10 人一队，拉大距离，跑步前进！

伴着频发的余震，顶着不断滑落的巨石，穿着被大雨淋透的衣服，突击队员们艰难地向汶川奔去。

路，实在是太险了！准确地说，这里根本就没有路。在刚刚地震过的山坡上，官兵们用铁铲一边清障，一边艰难地前行。

震后的黑夜里充满着莫名的恐怖，大雨还在下，雷电带着骇人的巨响撕破天空，耳边不时传来山体滑坡的隆隆声和巨石滚落到河心的巨大撞击声。大雨浸泡后的山坡又陡又滑，稍不留神，就会失足跌入脚下的峡谷。

"注意安全！每小组最后一名战士负责观察地形，防止山石滑落！"为了鼓舞士气，王毅参谋长始终走在队伍的最前面。

"参谋长，快跑！"在通过一处危险路段时，走在他

挺进汶川

身后的通信参谋何亚国发现一块大石头滑落下来，大声疾呼。

王毅闻讯后猛地向前跨出一步，就在同时，那块大石头从山上滚落下来。当他回头看时，石头的落点正是他刚刚停留过的地方。有惊无险，大家的手里都暗暗地捏了一把汗。

"快跟上，不要掉队！"夜幕中，突击队员们每组一把手电筒，在微弱的光亮下踏着泥泞勇敢地前进。没有一个人叫苦，没有一个人退缩，没有一个人掉队。

一座水电站挡住了突击队员们的去路，大水已经漫过堤坝，发出可怕的声响，又是一个生死的考验！

王毅第一个勇敢地走了过去，大家跟在参谋长的身后，手挽着手，通过了这道鬼门关。

"你们不能再往前走了，前面太危险！"过了水电站，一座吊桥又横在突击队员面前。这里是龙溪乡，距汶川还有9公里。当地村民得知子弟兵要赶到汶川救灾，纷纷跑来劝阻。

村支书不无忧虑地对官兵们说："地震后，这座吊桥已经倾斜，成了危桥，你们千万不能冒险！"

王毅仔细查看地形：吊桥是木质结构，架设在悬崖绝壁之上，多年失修，岌岌可危，更何况经历了这场地震的破坏。既然吊桥没有垮塌，就还有一定的承重能力，危险是有的，可危险并不能阻挡军人前进的步伐。

于是，王毅第一个走了过去，紧随其后，第二个，第三个……突击队员们一个一个穿过了吊桥。

王毅开始查看队伍的状况，20 多个小时的急行军，没有补充给养，队员们已极度疲惫。女军医储燕脸被划伤，其他女兵满身满脸泥水，看不清容貌。她们和男队员们一样跋山涉水，经受着身体的、心理的超极限的考验，居然没有一个人掉队！

王毅想，九九八十一难都过去了，希望的曙光就在前头。于是，他和突击队员们连连击掌，用这种特殊的方式给大家鼓劲加油。

"继续前进，加快速度！"王毅再次下达了进发的命令。

200 名官兵斗志昂扬，精神抖擞。饥饿和疲劳已被他们抛在脑后，他们只有一个信念：挺进汶川，抢险救灾！

浓浓的夜色中，他们冒死越过了一道道水坝，一座座危桥，一处处泥石流……

5 月 13 日 23 时 15 分，王毅带领 200 名突击队员到达汶川县城。

他们是第一支到达汶川的救援部队。

王毅电话报告："我部第一梯队 200 名官兵历经 31 个小时，徒步强行军 91 公里，现已到达汶川县城并开始抢险救灾，现将情况汇报如下……"

汶川有了消息，这消息迅速传到中南海，传遍全中国。

"子弟兵救我们来了！"劫后余生的汶川百姓见部队

挺进汶川

进入灾区，哽咽着奔走相告。

王毅迅速查看灾情，在向上级报告的同时，立即组织 3 个巡逻小分队对银行、油库等重点目标进行警戒，然后带领主要兵力展开救援。

龙溪小学是这次受灾最严重的地点，正在上课的师生被埋在瓦砾中。官兵们用最原始的工具，冒着余震的危险，钻进险象环生的废墟里，用手扒，用肩扛，在震后第一时间，从废墟里救出 47 条生命。

14 日凌晨，后续部队 470 名官兵，沿着第一梯队探出的险路赶到汶川，迅速投入抢险战斗。

二、 打开通道

● 两个团的官兵顶风冒雨，迎着余震中滚落的山石，在 6 处近千米长的滑坡路段上，艰难地挖淤泥、推巨石、垫路基。

● "解放军来了，解放军来了！"被困五天五夜的群众呼喊着、奔跑着，拥上前来，把车队围得严严实实。

● 在这个没有灯光的黑夜里，汶川人倾城而出，无数的语言和激动都化成澎湃的泪水："谢谢你们，武警部队！我们有救了！"

打通震中生命通道

2008年5月12日18时，正在高原驻训的某工兵团接到命令："即刻赶赴汶川县抗震救灾。"

接到命令后，全团当晚星夜兼程，克服巨大困难，不讲任何条件，于14日16时，全部抵达紫坪铺水库前。

紫坪铺，岷江上游一个普通的地方，于2003年建成了一座造福于民、润泽万方的国家重点水利枢纽工程后，现在又成了南线救援部队的桥头堡，他们在此实施着集团军制订下达的水陆并进计划。

15日黎明时分，工兵团开始铺架漕渡门桥。这是一种重达数吨，钢结构，在水面可以迅速形成通过大型机械设备的较稳固浮物。

架漕渡门桥不复杂，但有风险；很简单，但需要速度。两个小时后，4个载重80吨的漕渡门桥结扣而成。不少官兵的手掌被剐破，血流不止。

为防止因浅滩多、流速大、地形生疏造成门桥搁浅，官兵们用冲锋舟反复进行探路，确定了一条固定航线。

8时许，工兵团舟桥营营长兰江鸿，一个箭步跃上门桥，高声号令："离岸!"

钩篙手利索地将钩篙插入水中，奋力一推，承载着重型工程机械和救灾物资的生命之舟起航了。

两艘汽艇，一前一后牵引，顶推着门桥逆流而上。晨雾霭霭，清风掠过江面，挺立在船头的兰江鸿打了一个寒战。

很快，门桥钻入一片大峡谷，岷江两岸绝壁如斧劈刀削，鬼斧神工。

正当大家被这雄峻险美的风光吸引时，余震再次发生。两岸岩壁的巨石抖落，呼啸着砸向江面，溅起数丈高的浪花。

"好险！"正当大家以为躲过了这一险情时，不料，汽艇操作手心一慌、手一偏，驾驭的汽艇偏离航线，陷入了湍急的漩涡中。汽艇剧烈晃动着，被汹涌的江水甩向左侧山壁。

"快解开汽艇钢索！"兰江鸿一声大吼。

汽艇操作手闻声迅速解开牵引着门桥的钢索，开足马力稳住艇身并转向，汽艇终于从漩涡中挣脱出来。

一路险情不断，官兵们沉着应对，一次次化险为夷。3个小时后，门桥顺利抵达设在阿坝铝厂的临时码头。

当他们到达时，翘首等待在岸边的受灾群众就如同见到了救星，他们哭喊着，扶老携幼拥上门桥。而重灾区急需的大型推土机、挖掘机、装载机，也随之运送上岸。

从紫坪铺水库到漩口的这条水路通了！这条14公里长的水上通道，缩短了都江堰到汶川近10公里路程，节约了近7个小时的时间。

打开通道

但是，从这里再往前还有 6 公里陆路才能到映秀镇。若在平时，这 6 公里是满目苍翠，一路青山绿水，是多少游人神往的天然氧吧。可现在，无异于一道隔绝世人的天堑。

公路遭到颠覆性的破坏，原来的公路高架桥落入了几百米深渊，一时难以修复。偏偏又余震不断，泥石流任性肆虐。

近在咫尺，可灾区群众与不断增加的伤员还是出不来；触目可及，但一支又一支救援的队伍、一批又一批的救援物资还是进不去！漩口几乎要被压塌了。

17 日 18 时前必须打通！这是死命令！

15 日中午，工兵团 800 多官兵和炮兵团 200 名官兵南北夹击，合力抢修最后 6 公里陆路。

南面，工兵团团长王健带领官兵奋战不息。

北面，炮兵团官兵在政委带领下艰苦作战。

南面，挖掘机、推土机、装载机……10 余辆工程机械同时展开作业，马达轰鸣震响。

北面，**铁锹**、铲子，官兵们一刻不息，挥汗如雨。

两个团的官兵顶风冒雨，迎着余震中滚落的山石，在 6 处近千米长的滑坡路段上，艰难地挖淤泥，推巨石，垫路基。

多少次，刚清出一段路面，又被滚滚而下的泥石流吞没，官兵们毫不气馁，操起工具又冲了上去。

王健多少次与巨石擦肩而过，但他从未后退半步。

参谋长唐兵规定操作手两班倒、多休息，自己却站在驾驶室旁随时提醒驾驶员，连碗方便面都顾不上吃。人忙起来，连疲劳与饥饿的时间都没有。

眼看道路就要打通，一块巨石成为拦路虎，巨石周围塞满厚厚的泥浆，工兵团的推土机都拿它没办法。

机器没办法，人上。官兵们纷纷脱下雨衣，拿起工具跳入泥潭，一铲一铲把泥浆铲掉，挖空巨石下的泥土，然后众人合力，巨石终于被撼动了。

路，一寸一寸在延伸。但不合时宜的雨，却下个不停。泥石流再次冲下造成塌方，淹没了刚才的所有辛劳。

许勇迅速赶赴现场，在仔细勘察后，果断决定："暂时封锁道路，放足炸药，强行炸开通道！"

炸药、雷管紧急运上，工兵们大胆细心加快作业。随着"轰轰轰"的一阵阵巨响，山腰上尘土飞扬，碎石滚滚，抢修速度明显加快。

开始时只有挖掘机由外向里单向施工，进展缓慢，战士们发现路边有几台遗弃的挖掘机、拖拉机，就敲碎玻璃钻入驾驶舱操作起来，投入到了施工中。

许勇又叫部队想方设法找来3台先进的挖掘机，一起投入抢修。

山上流下的雨水不断冲刷已经毁坏的路基，路面淤泥软化，许勇就让官兵从河滩抢运鹅卵石铺路。

就这样，新的生命通道在战士们的手中一米一米地向前延伸，希望在一米一米地向灾区抵近。

打开通道

共和国的**历程**·救援先锋

　　经过几十个小时不间断的艰苦努力，17 日 17 时 30 分，由都江堰市通往重灾区映秀镇的"生命通道"终于全线打通了！

　　公路沿线一片欢腾，战士们的泪水和着汗水、雨水一起尽情流淌。

　　20 时，当第一批军车开进映秀时，听见马达的轰鸣声，看到耀眼的车灯，整个映秀镇沸腾了。

　　"解放军来了，解放军来了！"被困五天五夜的群众呼喊着、奔跑着，拥上前来，把车队围得严严实实。

九支队狮子坪项目部抢通汶川路

2008 年 5 月 12 日下午，在汶川地震后，武警水电三总队九支队狮子坪项目部的 130 名官兵就与上级失去了联系。

5 月 12 日，武警水电三总队总工程师陶然，正好从成都来阿坝州理县狮子坪水电站项目部蹲点检查工作，刚到项目部半小时地震就发生了，他毫无选择地成为这支抢通突击队的最高指挥官。

在地震发生后，武警水电九支队副支队长、狮子坪水电站项目部主任李川立即召集人员，检查设备，展开自救。半个多小时后，确定项目部除营房全部震裂，人员设备完好无损。

震后一个小时，三总队总工程师陶然与九支队副支队长李川共同主持召开项目部全体干部会议，决定立即由中队长王安军带领部分官兵及设备从驻地古尔沟出发，沿 317 国道向东推进至理县，疏通道路并及时救助受困群众。

此时，通信中断，无法与上级取得联系。震中在哪儿？灾情怎样？打到哪儿？要打多久……一无所知。

没有接到上级的明确指令，擅自行动，这是军中大忌，后果显而易见。

　　前方危险重重，重兵出击，哪一个官兵稍有闪失，指挥者将会成为千古罪人！但他们作出了一个非常英明而富有勇气的决策：

　　"顾不了那么多了！那么多的受灾群众从废墟中夺路而逃，被山体垮塌掩埋在公路上的车辆惨不忍睹。我们没有时间去等待，先救人、抢通道路！"

　　到5月12日22时，他们通过路过的一辆应急通信车，才艰难地与上级通了一个电话："我们自身没有受到地震伤害，正在抢通驻地到理县的公路。"

　　他们的行动受到了上级的充分肯定。随后，得到了上级的明确指令：

　　　　震中在汶川，迅速组织官兵打通驻地到理县的公路；不惜一切代价继续向汶川方向推进，打通紧急救援汶川的"西线生命通道"！

　　从这以后的70多个小时里，他们再也没能跟上级取得联系。100公里外的汶川，也已完全与外界失去联系，并不知道有这样一支武警部队正在奋力向东，奋力打通通往汶川的、后来被称为"西线生命通道"的国道317线马尔康至汶川的公路。

　　"蜀道难，难于上青天。"唐代大诗人李白的欷歔感叹，对犹如在枪林弹雨般的飞石中艰难行进的武警水电官兵来说，显得更为真切。

地震发生后，汶川通往外界的三条公路——西线国道317线马尔康至汶川段、南线国道317线汶川至都江堰段、北线国道213线汶川至茂县段瞬间被毁。万山丛中，面积广大的汶川大动脉被生生切断，大量人员失踪，大量百姓受伤，大量群众在寒风冷雨中无栖身之所。

联结汶川至阿坝州首府马尔康的国道317公路，修建在邛崃山脉的半山腰上，上边是陡峭的山崖，下边是杂谷脑河湍急的河水，山路崎岖，势如羊肠盘绕。

地震发生以前，这里就时常塌方飞石，过往车辆行人无不小心翼翼。地震发生后，这里一半以上的路面被垮塌的山体掩埋，大部分路基严重撕裂，最大的裂缝长达100多米，一两米深。

由于余震不断，不时有巨石从山上滚落，一阵风刮过，都会让碎裂的山体再次垮塌。如果稍不留心，向死神夺路的官兵不是被飞石击中，就是被因机械轰鸣扰动而滑落的塌方掩埋。

虽然前方的道路如此艰险，130名英勇的水电官兵还是带着挖掘机、装载机、空压机等22台大型精良设备，义无反顾地出发了。他们的心中只有一个信念：早一分钟通路，灾区人民就多一分活的希望！

理县红叶二级水电站以下是长达3公里的"V"形路面，垮塌的石头将路面盖得严严实实，粗大的树干和电杆倒伏在地。右边是面目狰狞的高边坡，左边是杂谷脑河深深的河床，施工区只能摆一台挖掘机。

按这样的方式施工，推进速度肯定像蜗牛一般。怎么办？在陶然总工程师的指导下，中队助理工程师常以民立即召集现场技术骨干紧急研究处置方案，决定先用大马力的履带式挖掘机边挖边走，强行在乱石丛中闯出一条路，后面的挖掘机和装载机陆续挺进，硬是在这条只能供人爬行的路上，开辟了一个可让 10 多台设备同时作战、长达 1 公里的战场。

前进！在障碍物不多的路段，他们根本不停车，轰鸣着或挖或铲，一路前行。

前进！在短时间内实在无法闯出路的地方，能绕则绕，新开便道。

13 日 19 时，部队开了 10 多公里，抵达理县朴头乡。当地群众热情地拿出了他们仅有的粮食和腊肉。先吃完饭的官兵马上换下车上的战友，人停机不停，通宵作业。

理县克枯乡下庄村，是一个在分省地图上都无法寻找到的小村落，却至今让每一个抢通官兵都无法忘记。这天，一个巨大的塌方体在毫无预兆的情况下，挟带着十几块几百斤重的巨石滚雷般呼啸而下。

现场作业的战士见了，一边大喊，一边四散躲避，而操作手丁小剑却无法驾驶着笨重的履带式挖掘机躲开，只能迅捷地操纵挖掘机大臂，护住驾驶室。但是飞落的巨石还是砸中了驾驶室，两厘米厚的钢板被深深地砸下去一个 10 多厘米深的大坑。

"生死就在一两秒钟，如果反应得慢一点点，我和这台挖掘机不是被埋在塌方里，就是被推进杂谷脑河。战友们都说我有福，每次遇到险情都能逢凶化吉。"事后，丁小剑指着那辆浑身是伤、为这次抢通道路立下大功的卡特挖掘机，笑嘻嘻地讲述着那天的经历，似乎就像在讲某一个影视大片中的精彩片段，与自己没有什么关系。

这样的经历，在他打通汶川到映秀的草坡隧洞、汶川至茂县的213国道时也多次遇到。

部队在冒着巨大危险、克服重重困难抢修道路的同时，也在千方百计地做好保护官兵生命安全和机械设备安全的工作。

抢修工作一开始，突击队临时党支部就专门召开支委会，对抢险救灾过程中的安全工作进行责任区分，明确了责任人，成立了安全工作小组和现场安全警戒组。

14日2时，九支队的官兵推进到离理县县城几公里外的高家庄。这里的公路是在直立的山崖下挖出来的，另一边便是滔滔的河水。岩石倒悬顶上，如果滚落，砸到路面上只要一两秒钟就摧毁一切，下面的人根本来不及反应，也无路可逃。

在车灯的光束中，干部和党员像铁桩一样，站到了每辆车的前面。操作车辆的战士淡忘了恐惧，动作准确。

在抢险中，支队领导与党员始终站在前面指挥，最大限度地保证战士的安全。

15日中午，一位步行到达汶川的同志说："理县到汶川的公路很快就要打通了，一支不怕死的部队正在施工，

打开通道

043

有车队开到了离汶川只有 10 多公里的地方。"

阿坝州抗震救灾指挥部的同志不相信，因为，在地震后第一时间里，阿坝州领导一行多人，从马尔康前往汶川时，行至古尔沟遇道路两侧山体滑坡受阻，他们是在救灾先头部队的配合下，经过了数十小时步行才到达汶川县指挥救灾工作的。

当时，州领导根据现场情况估计，要打通理县到汶川的国道 317 线，至少需要 20 天左右，没想到居然有一支不知名的部队，在大地震后不到 4 天就要解决这个重大困难了。

后来，这样的消息陆续传来，指挥部领导半信半疑。通信阻隔，他们无法证实有无这样的施工队伍，更不要说了解这是哪支队伍。

此时，汶川人民正在绝境中奋发自救，然而力量极其有限。灾后第二天，药品基本用完，每人一天一碗稀饭也难以保障，更不要说还有无数的伤者在废墟中无力地呼唤……

指挥部的同志多么希望这个消息是真的啊！带着疑问，四川省军区、阿坝州多位领导来到距离汶川县城约 3 公里的理汶公路上，实地了解打通理县到汶川生命线的是哪一支部队。

这是一支怎样的队伍啊！所有的官兵都蓬头垢面，每个人都像是从泥浆里面爬出来的一样，隐约可见的大型设备上有一面被飞石撕毁的红旗，上面有"武警水电部队"几个大字。

而此时，摆在这支队伍面前的是通往汶川咽喉要道的最后一个"拦路虎"，一个 400 多立方米、足有一辆大客车大小的巨石，上边有近万立方米随时会发生危险的塌方体。

看到如此的情景，抗震救灾指挥部的领导认为，排除这样的险情，至少需要两天，顺利的话，三天之内，救灾物资就能运抵汶川。

两天显然太长了。尽快，尽快搬走这个"拦路虎"！然而如果整体爆破如此大的巨石，就会引发新的塌方，还会影响到周围村民的安全。经过慎重研究，他们制定了对外震动影响较小的对角布孔、深孔爆破的方法。

在中队长王安军的指挥下，由 6 名爆破手组成的钻机爆破组立即投入战斗。打炮眼的钻机上来了，但是没有水，干钻，对人的身体有相当的危害。若到远处运水，至少要多用一倍的时间。不知谁说了一句："那就干钻吧！"于是，公路上钻机隆隆，石粉纷飞。

5 月 15 日 21 时 30 分，随着一声巨响，通往汶川咽喉要道的这块巨石被成功爆破。

仅仅 6 个小时，在这段 3 公里长的乱石堆中，一条简易通道便初具规模，由此直达震中汶川的西线通道被彻底抢通。

一条救灾生命线，点燃了所有人的期望。

这是生命的奇迹，这是忠诚的力量，这更是水电官

打开通道

兵视灾区人民如父母兄弟姐妹的赤子之心！

在这个激动人心的时刻，没有闪光灯，没有鞭炮声。连续施工20多个小时的开路勇士们甚至没有欢呼和拥抱。100多名官兵、22台施工车辆默默退到宽阔处，救灾车辆闪着车灯急切地碾过路面，呼啸而过。

这是一个官兵们悲喜交加的时刻。

绵绵细雨中，武警水电九支队李川副支队长和后期抵达的王永平支队长，两个七尺男儿，堂堂的团职指挥员，在经历了无数次生死考验后，再也无法隐藏心中的痛楚与喜悦，在他们带领的士兵面前，再也无法板起刚毅的脸，抱头痛哭。

在这个没有灯光的黑夜里，汶川人倾城而出，无数的语言和激动都化成澎湃的泪水：

谢谢你们，武警部队！我们有救了！

从5月12日18时至5月20日19时30分的8天时间里，中队长王安军每天坚守在第一线，总是最后一个休息。

指导员张小河是中队每天跑路最多的人，既要把思想政治工作落实到抢险一线，又要一个地段一个地段地检查督促和落实安全工作，还要在非常艰苦的条件下指导后勤保障，千方百计解决大家的吃喝问题。由于过度劳累，几天下来，他瘦了整整一圈。

重机操作手、士官范兵家在四川，自地震发生后，他就与家人失去了联系。在打通理县至汶川这条生命线过程中，他冒着生命危险，开着装载机，始终奋战在抢险救灾一线。

同范兵一样，水电九支队参加抢通理县至汶川道路任务的 80 多名四川籍官兵中，不少人家里都受了灾，但是大家视抢通汶川生命线为己任，全身心地投入抢险救灾之中。

天气的恶劣、补给的困难、作业的危险，使所有官兵时刻经受着考验。

由于严重缺水，官兵每天只能喝到两瓶矿泉水，饿了，就吃一块面包；困了，就在雨中打个盹；手脚受伤了，简单包扎一下，立即投入战斗。几十个小时过去了，官兵们没能喝上一口热汤。即便被雨水从头到脚浇透了，他们也全然不顾。

从 12 日下午出发到 20 日晚，八天八夜，在无数次与死神打交道的两条公路上，中队官兵没吃上一顿热饭、身子没落过一次床板，在短时间内抢通了理县至汶川、汶川至茂县的两条 127 公里长的紧急救援通道，人员无一伤亡，设备无一损毁。

20 日 19 时 30 分，茂县公路局的越野车第一个通过茂县南新镇杨毛坪大桥进入汶川。

汶川北部通道通了，数百吨救援物资正在向灾区运来。西连马尔康，北到茂县，通往汶川的三条大动脉被

打开通道

共和国的**历程**·

救援先锋

武警水电官兵抢通了两条!

汶川的路通了,汶川救活了,官兵还要奔赴新的战场!

> 打通汶川生命通道,你们立了头功,阿坝人民感谢你们,汶川人民不会忘记你们!

阿坝州抗震救灾前线总指挥、州委副书记陈贵华流着热泪,紧紧地握着水电官兵的手久久不放……

武警水电官兵第一时间打通了汶川西线生命通道,从根本上改变了救援汶川的紧急形势。

突击队打通都汶路

2008年5月12日下午，在汶川地震灾情发生后，成都武警交通第一总队党委迅速召开专题会议，向上级主动请战。

在做好官兵及其亲属自救安抚工作的同时，总队立即启动抗震救灾应急预案，成立由总队长许茂、政委刘根水亲自挂帅的前线指挥部。

短短10个小时内，首批来自西藏、重庆、四川各施工点的30名技术娴熟、作风过硬的武警交通部队专业技术操作手，通过空运、陆路，第一时间集结到总队机关，编入总队抢通突击队。

15日10时，总队再次根据四川省抗震救灾指挥部命令，接领都江堰至汶川道路抢通任务。

突击队员如猛虎下山，驱动大功率重型机械装备开赴现场，以抢救危在旦夕的灾区群众生命为最大动力，以挖掘机突前、推土机紧跟、装载机收尾的三机联动、协同作战方式，纵横双向立体布控，多点分段快速推进，展开了一场打通抢通"生命线"的接力赛。

都汶路是通往震中汶川、保证救灾军民迅速深入灾区紧急施救的最为快捷的通道。由于道路中断，救援人员行进受阻，而水路、空运无法满足灾区大量兵力运送，

打开通道

抢通都汶路迫在眉睫。

据航空监测，都汶路上几十处大大小小的塌方群，成为突击队员前进的"拦路虎"。其中映秀至汶川 57 公里路几乎遭到毁灭性破坏，部分路段整座山体垮塌，短时期内根本无法抢通。

根据指挥部统一部署，暂缓沿国道 213 线直接打通都江堰至汶川段，采取迂回抢通的方法，通过从 4 个方向、4 条线路攻坚，争取尽快打通通往震中汶川的道路。

武警交通部队受领南线国道 213 线都江堰至"震中的震中"映秀镇的抢通任务，这个路段是灾区任务最重、难度最大、险情最复杂的路段。

受频繁余震影响，突击队员明显感觉到机身在轻微摇晃。更要命的是山顶不时有飞石滚落，重重地砸在机身上"砰砰"作响。

在上有飞石、下有余震的错综复杂的情形下，各驾驶员稍有不慎，就随时有坠入峡谷、机毁人亡的可能。

哪里最危险，总队政治部副主任卢廷俊就出现在哪里。"过！"卢廷俊头顶飞石，脚踏滑坡，目光如炬，指挥若定，用旗语指挥调度数十台各类机械协同作战。

面对山体大面积垮塌、泥石流极易冲毁路基的严峻现实，他提出地基缓坡处理、局部减震引爆的方法，有效实现了稳固和通行两不误。

一次，漩口突降大雨。为防止山体在雨水冲刷下松动垮塌，卢廷俊顶风冒雨，组织人员、机械转移至安全地带，不料脚下一滑，被一飞石击中。他的左手下意识地去撑地，继而传来一阵钻心的疼痛，但他咬紧牙关，继续指挥战斗。20多名官兵和13台机械车辆完好无损。待夜晚回去时，他忍着剧痛，艰难地脱掉浸有血迹的手套，才发现手已经肿得像个馒头。在场官兵无不为之动容。

每前进一步，卢廷俊和他的战友们都要付出常人难以想象的艰辛。几乎是在石头的缝隙里，官兵们硬是凭借坚忍不拔的战斗精神，执着顽强地抠出了一条通往映秀的生命线。3天时间内，卢廷俊带领官兵清理塌方2万立方米，抢通道路2.8公里，被国务院副总理回良玉亲切地称赞为"钢军"。

活跃在抢险一线的突击队官兵中间，有曾经在西藏易贡、冷曲河、怒江沟抢险战斗中立下赫赫战功的青年，也有在祖国西部地区公路建设中长期进行科学合理施工方案研制的技术骨干。为了早日打通都映路，他们义无反顾地走到了一起。

他们不仅是一个简单的战斗符号，更是人民心中升腾的胜利希望。这种希望，在青藏高原急难险重的施工会战和抢险战斗中，多次迸发！比巨石坚硬的是信念，比灾难强大的是使命。

挖掘机操作手袁小权总是冲锋在前，哪里最艰难、最危险，他就出现在哪里。接到前往抗震救灾第一线的命令后，袁小权内心除了迫切还是迫切，恨不能插上翅

打开通道

膀飞到灾区。

10 年的施工历练，使袁小权的机械操作本领和心理素质日趋成熟。可这天，横亘在他面前的一块奇大无比的巨石令他陷入了困难之中。

盯着那块足有 50 余吨的"庞然大物"，袁小权认为如果采取松动基础、合力挪移的传统施工法强行推进，很可能造成脆弱的山体连动，后果不堪设想，欲速则不达。他稍作思考，便向现场指挥员提出采用缓坡处理的办法，得到了一致肯定，这一妥善方案使难题迎刃而解。

如果不到现场，根本无法想象强地震对公路设施的摧毁程度。

全长 916 米的紫坪铺友谊隧道在这次地震中遭到严重挤压变形，混凝土道路出现巨大裂缝，并有可能继续翘曲、下沉。其中有近 600 米长的隧道顶部出现严重开裂，随时有垮塌的危险。经专家鉴定，紫坪铺友谊隧道已成为"危隧"。如果不进行技术处理和进一步加固，前期由武警交通一总队等单位辛辛苦苦抢通出来的都江堰至汶川漩口、映秀的"生命通道"，将面临进一步垮塌，那就彻底切断了外界与上述两个城镇的陆路通道。

前线指挥部决定，除先前的突击队继续向前方纵深推进外，命令所属二支队抽调有隧道施工经验的官兵火速增援，确保隧道险情不加重，确保公路隧道畅通。

具有多年隧道施工经验的第二支队工程师唐怀军接到上级命令，紧急赶赴现场。

背包刚放下来，唐怀军就拉着隧道建设专家一起到现场会诊，进行科技攻关。

　　站在高高擎起的挖掘机铲斗内，紧盯头顶裂开缝隙的隧道断面，唐怀军顶着余震不断的极度危险，用皮尺丈量、用红笔记录下友谊隧道的每一处险情数据。唐怀军提出用装载机运送作业人员加紧施工，挖掘机随后进行顶压强支撑协同作战，这样可以施工、保通兼顾。

　　针对岩层严重破碎、瓦斯浓度大和地质构造复杂的特性，唐怀军挑灯夜战，研制出"钢支撑挂网喷锚"施工工艺。对于大面积翘曲的隧道混凝土路面，则采用人机配合整平。两项革新方案得到专家肯定，难题被攻克。

　　挖掘机操作手郑金刚在险要路段，始终发挥着"尖刀"作用。只见他熟练地扳动操纵杆，挖掘机轻舒长臂，对着顽石又急又准地挖去，很快打通了道路。他的目光紧盯前方，双手并用，凭借过硬的业务技能和心理素质，在短短的两分钟内，就能娴熟操作十几个操纵杆。

　　至 17 日 12 时，英勇顽强的武警交通官兵从都江堰紫坪铺开始，沿汶川方向打通了 42 公里的道路。紧接着，他们趁势而上，节节告捷。

　　还有 3 公里，武警交通官兵就要打通都江堰紫坪铺至映秀镇的全线道路了，这是一个多么令人激动的消息啊！

　　总队抗震救灾前线指挥部立即发出战斗总动员，号召官兵乘胜追击，迅速打通全线。这时，武警官兵和前

打开通道

共和国的历程·救援先锋

期沿水路进驻的成都军区某工兵团胜利会师，在 3 公里处，军警迅速展开一场决战。

不到 5 个小时，公路彻底打通了！

突击队员兴奋地久久按着喇叭，大声吼叫着。长长的鸣笛，在向死难者深切致哀的同时，也向灾区军民发出了强烈的生命信号！

救护车、运兵车、客车呼啸而至，大规模救援工作迅速展开。救援人员路过已疲惫至极的突击队官兵身边时，一句话也说不出口，个个热泪盈眶。

此时，无需任何言语，党知道，人民知道，共和国知道——我们的武警交通部队官兵！落日的余晖下，两路极度疲惫、沿不同方向行进的中国军人，艰难地互致军礼。

至 5 月 20 日，救援部队已在灾区打通道路 1835 公里。

一条条"生命通路"的抢通，扫清了救援大部队全速进入灾区的障碍。

工程团抢修道路

2008年5月15日6时，第二炮兵某工程团抢险准备就绪。随着团长郭中定一声令下，150名官兵一声呼喊，奋力扑入打通通往北川县城道路的生死决战中。

在北川仅有一条公路经安县通往绵竹，这是北川的生命线。而摆在眼前的事实是，道路被泥石流、巨石严重阻塞，有的地段甚至拱起了6米高的断层，许多地段还发生了移位。被巨石、泥石流阻塞的地段达3公里长，最大的巨石达50多吨。

此时，城外的各路救援大军一时开不进来，压在县城废墟下的上万名北川群众，生还的希望也正被一点点捻灭。废墟之下，生灵在呻吟，许多幸存者危在旦夕。

面对眼前的生死劫难，团长郭中定噙着泪水举起右拳，向党组织立下了24小时之内必须打通"生命通道"的"军令状"。

当时，在轰鸣的作业面上，二级士官罗正学手握操纵杆，驾驶现代化大型挖掘机打响了"第一枪"。战士毛宪伟驾驶着"大力神"装载机快速跟进，堵塞的道路被一步步快速向前打通……

被阻断的道路四周地势险要，震裂的山体和岩石随时都有滚落的危险。

打开通道

余震，又是余震。频发的余震致使险情不断。

夜幕降临，战斗愈加激烈，由 20 多名官兵组成的党员先锋队翻越山顶，迂回到靠近县城公路的另一端，两头展开掘进。由于机械难以开进，官兵只能用撬杠撬巨石，用铁锹铲黄土，用肩膀扛石抬木，承受了难以想象的艰辛。

从 5 时起的 4 个小时内，在当地抗震救灾指挥部人员引领下，郭团长带领技术人员艰难攀爬两个来回勘察地形。

在受阻路段空手攀爬一次需要一个半小时，其中一段路陷进了七八米深的沟底，人要在沟底的淤泥中行走百余米，再攀梯子向上爬。此外，还有三段加起来近百米的路段，完全被巨石堵塞，巨石小如磨盘，大如火车头，只能从石缝中勉强钻过去。大地震发生后，这里每天都会发生几十次余震。

"轰！轰！轰！"突然，山体摇晃，余震袭来，山顶巨石夹着黑泥滚滚而下，路面来回晃动，路边山体的乱石滑向山下……此时，稍有不慎就有坠崖的危险。

最大的"拦路虎"出现在距县城两公里远的公路上。一块块数十吨重的巨大落石挡住了去路。

爆破，引发山体震动容易滑坡！

移动，现有的装备无能为力！

……

危急时刻，所有人的目光都投向了现场指挥郭中定

056

团长。

时间容不得郭中定犹豫不决。这位已从军 22 年的老工兵，盯着巨石思索片刻，一个奇特的想法在他心中应运而生："在公路旁挖个大坑，让巨石自动下陷坑中怎么样？"一言既出，立刻引来了阵阵掌声。

"好，那就赶快实施吧！"很快，利用现有地形迂回改道、埋石填土的方案制订了出来：在无法移动的巨石旁边迂回开道，用可以转移的石块加固路基。

官兵顶着当天发生 39 次余震、山体滚石、不断滑坡的危险，掘开了一个个大土坑，将一块块巨石埋到地下，挖出的土被抛撒到坑洼不平的道路上。

随着一块块巨石的"陷落"，"生命通道"也一米一米地向前推进。

掘进的进程是如此艰难，每一步都是生死较量。许多路段紧靠悬崖边缘，下面是万丈深渊；有的路段横卧河沟谷底，作业空间十分狭窄，山体滚石不断、塌方频繁；还有路段桥梁被毁，填土的石方量大，作业十分困难。

9 时，百余名官兵正在实施机械化施工，郭团长正在道路抢修的最前沿指挥作业。突然，余震发生，山顶上十几块碎石飞速向他冲来，幸好他眼疾手快，迅速躲避，才逃过了劫难。

这时，一名安全员赶紧跑上来劝他："这里危险！你是团长，还是到安全地带吧！"

打开通道

郭中定一脸严肃地说："我们现在是在争分夺秒，是在跟生命赛跑，大家多干一点儿，群众就能早一点儿得救，懂吗？"

直至 13 时，又累又饿的官兵才想到要坐下来喘口气，啃几口干粮，喝几口矿泉水。他们已是十几个小时水米未进了。

当人们回过头去，只见郭中定团长端着半碗方便面，倚在石头上睡着了。一营营长龚正辉跑过去，想向团长汇报工程进度，参谋长李湘上前拦住了他："从部队出发到现在，团长已坚持了 40 多个小时，一直没有合过眼，就让他再睡几分钟吧。"

强将手下无弱兵。像郭中定这样不顾自我、全力投入抗灾抢险的指战员随处可遇。

5 月 15 日 17 时 10 分，第二炮兵某工程团机械连的挖掘机操作手阮连军，操作挖掘机挖完最后一铲后，宣告通往北川县城的"生命通道"终于打开。人们哭泣着呼喊："生命线打通了，解放军进来了，北川有救了！"

这是一个人间奇迹，工程团的官兵用他们的双手创造了这个奇迹，他们自己都难以置信。短短的 12 小时啊，近 3.5 公里长的灾区公路，硬是让他们凭着一股猛劲胜利打通了。

在群众的欢呼声中，一辆辆救护车、抢险车隆隆地开进了北川县城；挖掘机、装载机等大型机械开到了救灾现场，展开了搜救。

这支英雄的工程团，自 5 月 15 日进驻北川县后，全力打通"生命通道"，短短 6 天时间，动用大型机械装备 23 台，排除滑石和坍塌巨石 20 余万立方米，抢修受阻道路 20 多公里，打赢了抗震救灾的第一场硬仗，没有辜负首长的厚爱和重托，向党和人民交出了一份合格的答卷。

为表彰该工程团官兵在抗震救灾中的不凡表现和起到的重要作用，激励官兵斗志，第二炮兵司令员靖志远、政治委员彭小枫专门为他们颁发了嘉奖令。

15 日 2 时 48 分，第二炮兵工程技术总队官兵抵达成都。

根据四川省抗震救灾指挥部和二炮前线指挥组部署，兵分两路，100 余名官兵机动至北川，进行人员搜救；其余官兵机动至绵竹市，展开供电、供水等群众生产生活设施的抢通、抢修作业。

距离汶川 40 公里的绵竹市，受灾严重，大面积房屋倒塌，城区通信、供水、供电、道路中断，损失惨重，市民生活陷入困境。

7 时 20 分，总队官兵到达绵竹景关大道，迅速卸下携行物资装备，把"第二炮兵第一救援队"的大旗插在地震灾区绵竹的废墟上。

9 时，工程技术总队官兵迅速展开通信维修恢复、水、电、气抢修等工作。

当时，工程总队了解到绵竹市 9 个乡镇在地震中损坏较为严重，特别是九龙、广济等地，几乎被夷为平地，

打开通道

供电、供水系统完全瘫痪，给搜救工作、医疗救治和受灾群众生活带来很大不便；汉旺镇和体育场两个救治中心因为停电，导致近两万名伤病员得不到及时救治。

"汉旺镇一所学校和一座医院的废墟下仍有数百名群众被困，照明不足，连夜奋战受阻，受灾群众生命危在旦夕！"

15 日 14 时，两条抢救命令急速下达至工程技术总队抗震救灾指挥部。

于是，三路抢修纵队，兵分两路，迅速出击。

15 时，打通两条"生命通道"的战斗打响了。巡查线路、排除故障、制订方案，埋杆、放缆、敷线，一道道工序紧张展开。

在此次地震灾害中，绵竹市城乡均受到重创，汉旺镇两个城中村被夷为平地，辖区的一所学校和一座医院因地理位置特殊，交通不便，作业空间狭小，抢救工作进展缓慢，抢修难度大。连夜实施搜救需要强照明，在地震中，电力设施完全瘫痪，现场的几台发电车如同杯水车薪，需恢复正常照明设施。

设置在东北镇的一所临时安置中心，400 余顶帐篷，数万受灾群众夜晚处在一片漆黑之中，生活不便。与安置中心相邻的两所医疗救治中心因电压不稳，无法为数百名受伤人员实施手术。两项特急电力救援报告摆在绵竹市委、市政府领导的案前。

危急时刻，及时赶到的工程技术总队官兵如同雪中送炭。绵竹市领导迅速将打通两条"生命通道"的任务交给了这支素有"科技之师"之称的部队。

灾情紧急。总队官兵征尘未洗，还未来得及安营扎寨，就迅速投入战斗。

突击，一切都需要突击！

17日14时35分，在距离汉旺镇13公里处，一根折断的电线杆带着高压线倒在地上。

抢修电网，快！快！快！

"改成地下敷设！"为加快线路检修速度，带着38名官兵进行线路排查抢修的工程技术总队某团参谋长耿俊，果断地将空架抢修改为地下敷设。

挖沟、接续、放线……官兵按照原先的分工，紧张地进行着作业任务。

1米、2米……两小时后，1000米的外线电缆敷设任务全部完成。

"2号，2号，线路检修进展如何？"

对讲机里传来团长王洪急切的声音。耿参谋长连忙放下手中的铁锹，拿起对讲机："我们已检修线路13公里，再用3个小时肯定完成任务！"

……

此时，团长王洪带着25名官兵，在汉旺镇救助中心紧张地进行着线路架设和灯具安装。

快，快，快！虽然官兵在作业中都是一路小跑，但王团长还是感到时间紧迫。

打开通道

一个帐篷装完了，两个帐篷装完了……两个小时后，汉旺镇救助中心的通电线路全部安装完毕。

"报告，体育场救助中心的线路和灯具全部安装完毕！"

"报告，通往汉旺镇和体育场的所有线路检修完毕！"

"报告，变压器调试完毕！"

合闸！

18时30分，医疗救助中心一次通电成功。21时，汉旺镇城区已变得一片光明。

在抗震救灾的第一线，人民子弟兵最早到达每一个重灾区，用生命上演了一幕幕生死突击。

三、 空中支援

- 舱门打开，警报响起，飞机准确到达茂县县城正上方，瞅准云层撕开的那道缝隙，第一批 7 人在李振波带领下从 5000 米高空一跃而下。

- 张秦猛然提起变距杆，直升机长啸一声，竭尽全力摇晃着上升，机轮与高压线擦肩而过，呼啸着再次钻进蓝天。

- 6 月 10 日，国家主席胡锦涛作出批示：我们要学习他们的英勇事迹和崇高精神，为夺取抗震救灾全面胜利而努力奋斗。

直升机架起空中通道

2008 年 5 月 12 日 14 时 28 分，汶川大地震发生。

16 时起，总参陆航部作战值班室就开始 24 小时全程监控和掌握一线陆航部队抗震救灾情况。

灾情严重，陆路、水路均被堵死，地面部队很难在短时间内赶赴震中；天空连降暴雨，云层极低，救灾物资很难精确投送到受灾群众手中，危重伤员无法及时转运出山。

13 日晚，总参谋部下达了紧急命令：

动用陆军航空兵部队，实施垂直机降。

14 日上午，首批直升机在震中汶川县降落，新华社记者徐壮志用携带的海事卫星电话设备，发回了汶川县城的第一张图片。

当晚，总参陆航部部长马湘生连夜组织各主要业务部门召开紧急短会，部署具体任务，提出明确要求。

随后，从总部、军区、集团军各级陆航机关到各陆航团的每一个机组；从作战训练部门到政工、装备、后勤各部门；从大西北到中原腹地、东南沿海各地域，全军陆航部队每一名官兵都迅速行动起来。

15日早晨，陆航部部长马湘生带领业务机关参谋人员紧急奔赴成都，参加了成都军区抗震救灾联合指挥部工作，统一组织协调全军各陆航团近百架直升机的救灾行动。

同日，总参谋部决定，再次在全军范围内，调集70架直升机向灾区驰援。

此时，来自全军各个单位的直升机轰鸣着向成都地区云集。中国军队历史上最大规模的一次直升机行动，在大西南展开。

在地震发生的当天，陆航团就派出两架直升机直飞汶川。

这是一次非常危险的航行。接近汶川时，如注的暴雨，厚黑的浓云，使直升机根本不可能降落。

指挥员命令机组重新调整航线，直升机迅速爬高了近2000米，仍然飞不出云区，舷窗外只有白茫茫的一片。汶川县城处于大山谷底，地形十分复杂，稍有不慎就会机毁人亡。

两个机组强行向前摸索飞行了10多公里，仍然见不到一丝光亮，只好遗憾地结束了当天的勘察飞行。但他们带回的都江堰的资料，为组织抢救赢得了宝贵时间。

13日，两架直升机再次冒雨起飞，在雨雾中向汶川飞去。到了汶川上空，依然是能见度低，依然是找不到降落点，但陆航官兵并没有放弃。他们明白，一箱箱灾区群众急需的食品、通信设备等救灾物资已运抵凤凰山

空中支援

共和国的**历程**·救援先锋

机场，承载着受灾群众的热切盼望。

稍晚，参加任务的 10 多架直升机再次腾空而起，在巨大的轰鸣声中，向灾情严重的北川、青川、绵竹等县市飞去。

刘黎华机组在崇山峻岭中反复穿梭，刚刚翻过一座山头，不远处又出现了另一座更高的山，几乎就在眼前。机长刘黎华猛蹬舵，直升机贴着山坡转向峡谷。大家都为他捏了一把汗。

目的地绵竹金花镇，平整的地方都搭起了帐篷，各种线路纵横交错，既不能空投，更不能空降。

3 分钟后，机组果断决定在一空旷农田实施空降。直升机稳稳降落，三分之一的轮胎陷入了地下。机械师童伟和孙宏高抓起一件件物品小心地推下机舱。

5 分钟，200 多件急需的救灾食品投放完毕，飞机返航。

14 日 8 时 52 分，太阳露出了笑脸，两架"黑鹰"从山谷中破雾而出，降落在震中汶川县映秀镇镇外的空地上。2000 多名已经在废墟中苦苦煎熬了 30 个小时的受灾群众欢呼起来，泪水模糊了人们的眼睛。

743 号长机在副团长李翔的带领下，率先冲入云端，将军区司令部一支 13 人的应急通信分队机降汶川。

通信参谋王凯在牛脑寨山顶，用卫星电话向军区指挥部汇报：

据目测，汶川县城三分之一房屋倒塌，急需救援。

这是与世隔绝40多个小时后，"孤岛"汶川向世界发出的声音。

此后，应急通信基站紧急建立，虽然信号覆盖面和信道宽度有限，但已经可以保障同期徒步进入汶川的抢险部队同指挥部的联系。

这一天，空降兵也成功实现了空降。美丽的伞花绽放在汶川上空，带给大山深处的灾区人民无限希望。

这一天，满载救援物资的飞机接二连三地起飞。汶川、茂县、理县、映秀……一天超过80架次的大密度飞行，开辟出一个个通往重灾区的空中桥梁。

药品、食品、救援人员……通过空中桥梁源源不断地运进灾区；压伤、摔伤的各类伤员争分夺秒地被运了出去，使灾情得以迅速缓解。

至16日24时，直升机已经累计向灾区空投、机降救灾物资743吨，运出灾民和伤员559人。

从16日起，救援工作由映秀等震中地区向周边偏僻山区深入发展。卧龙、耿达、银杏……每一个边远小镇都回荡着直升机的轰鸣声，一支支救援队伍被直升机输送到灾区的四面八方。

救援部队在直升机的协助下，驻进四川全部40个重灾区的405个村社。

空中支援

由于灾区情况紧急，空运任务繁重，机组人员每天的飞行时间都远远大于平时，有的机组一天要飞 8 到 12 个小时。

在道路中断、时间紧急的情况下，只有他们才能给受灾群众带来希望！

侦察探明灾情，空运空投物资，转送救援人员和伤员，灵活机动的直升机成为维系灾区与外界的仅存的空中桥梁。因此，直升机也被灾区各族群众称为"吉祥鸟"。

成功空降地震灾区

2008 年 5 月 14 日，空降兵也成功实现了空降，带给大山深处的灾区人民无限希望。

5 月 13 日凌晨，空降兵某部接到命令：

> 准备在与外界断绝联系的震中灾区茂县实施伞降，掌握情况，反馈信息，开辟空降空投场地。

空降兵立即从特种大队和有关单位抽调 100 名精兵强将组成战斗分队，连夜准备，赶往武汉机场登机。

出发前，人人都写了请战书、决心书，也就是人们所说的"遗书"。他们知道，此去危机重重，生死难卜……

担负这次跳伞飞行任务的是航空兵某师谢昌强机组。领受任务后，谢昌强立即带领机组成员认真研究空降航线。

从汶川到茂县沿岷江而上，是一条长约 30 公里的狭长山谷，如一条巨龙蜿蜒盘亘。峡谷两侧山峰林立，海拔几乎都在 4000 米左右，右侧的狮子王山高 5300 多米。机组确定空降点在茂县县城的西南方，航线采用沿岷江

空中支援

而上，伞降高度计划保持在 5000 米。

13 日 8 时 57 分，载着跳伞分队 116 人的飞机从武汉起飞，直奔茂县。

半小时后，飞机飞临三峡上空，此时云层越来越厚，舱内越来越暗，飞机越来越颠簸。为减轻颠簸，飞机继续爬升，在 8300 米高度冲出云层。

进入灾区空域，天气更加恶劣。乌云密布，中雨不休。前方不时有浓积云出现，谢昌强小心翼翼地操纵飞机躲避绕行。

天上的浓积云犹如海上的冰山，一旦进入，难免发生 "泰坦尼克号" 类的悲剧。

9 时 55 分，飞机进入汶川上空，开始穿云下降。7000 米，6500 米，6200 米……天气能见度极差，翼下是连绵的高山，高度不敢再降。

方位显示已到茂县上空，下面模糊一片，目视无法确认。测风测雨雷达扫描仪上显示的回波越来越强烈，雨点打在座舱玻璃上 "啪啪" 作响，飞机出现重度结冰。谢昌强立即打开加温电门，启动除冰装置，但抵御不了每秒 6 毫米以上的结冰速度，一会儿工夫，座舱玻璃上的雨刷结成了粗大的冰柱。

在这种情况下，指挥员毅然决定开启舱门，准备跳伞。然而由于结冰严重，舱门开了一半就开不动了，已经无法完全开启。舱门一开，气温骤降，气压骤减，氧气急缺，寒气扑面，血脉偾张，呼吸困难，极度不适，有 3 名战士即刻晕厥。

因跳伞条件完全不具备，飞机又可能随时出现意外，无奈只好返航，着陆成都太平寺机场。

当时，午饭送来，官兵们难得吃不下去。跳伞分队官兵心头像压了一座山。

压力最大的，是空军副司令员景文春。地震发生之后，许其亮司令员派他火速赶往成都，组建并指挥跳伞分队官兵。与他前后脚赶到成都的邓昌友政委，吩咐他坐镇指挥所，统管空运、空投、空降等全部事宜。邓政委与空降兵官兵一道，上了抢险救灾第一线。

指挥伞兵小分队空降灾区，成了全国上上下下关注的一个焦点。偏偏天不作美，出师不利。

党中央和军委领导、全国人民以及与外界隔绝的灾区父老乡亲，在急切地盼着勇士们凌空一跃。

景文春找来空降兵领导、跳伞分队负责人和机组成员，周密研究，制订出三套方案。为更有把握，火速从部队驻地调来更便于人工操作的翼型伞。

14 日，雨大致停住，仍断断续续。气象部门报告：中午时分，天气有好转的趋势。

10 时 30 分，景文春命令跳伞分队戎装登机，严阵以待，自己带领空降兵某部姚恒斌副军长、空军司令部作战部副部长、通信处处长，登上一架高空侦察机，亲自上去侦察天气。

此时，大片大片的云层覆盖在茂县上空，高空侦察

空中支援

071

机在云层之上一圈一圈地盘旋。

11 时 20 分许，天眼微睁，云层撕开一条缝，下面正好是茂县县城。景副司令员果断下达命令，载着伞降小分队的飞机立即起飞。

11 时 35 分，飞机飞临茂县上空，高度 5000 米。

机舱内，精心挑选的 15 名官兵背负伞包，一字排开，这 15 位空降勇士是：李振波、王军伟、李志宝、殷远、郭龙帅、李亚军、赵海东、赵四方、雷志胜、刘文辉、王磊、余亚宾、任涛、李玉山、向海波。

靠近机舱门的第一人，是 48 岁的空降兵研究所所长李振波大校。这位空降兵的专业骨干、技术权威，跳过 4 种机型、6 种伞型、9 种地形，担任过杨利伟、费俊龙、聂海胜等中国首批航天员的伞训教练，素质全面，经验丰富。

其他 14 人，每人跳伞都在 100 次以上。其中一个名叫任涛的战士，家在地震重灾区德阳，祖母遇难，岳母重伤，他默默无语，积极请战。他觉得，只有竭尽全力抢救和亲人一样受难的受灾群众，心中的伤痛才能稍得缓释……

11 时 47 分，舱门打开，警报响起，飞机准确到达茂县县城正上方，瞅准云层撕开的那道缝隙，第一批 7 人在李振波带领下从 5000 米高空一跃而下。

飞机盘旋一圈后，第二批 8 人于 12 时 8 分跳离机舱。几分钟后，翻滚的云雾就将这道开裂的云缝完全合拢……

15名勇士凌空一跳，是空降兵部队组建以来首次在抢险救灾中实施伞降，创造了我军在无地面引导、无地面标识、无气象资料情况下高空跳伞的历史纪录。

第一个跳出机舱的李振波，主伞没有打开。他迅速冷静地飞掉主伞，打开备份伞，凭着过硬的心理素质和娴熟的操作技巧，第一个安全落地，立即引导随后跳下的战友向自己集结。

15人迅速完成集结，马上找到县委书记、县长探明情况，迅速向指挥部汇报，同时立即开设空投场地。

根据上级指令，小分队在随后七天六夜的时间里徒步行军，查看灾情，翻山越岭，风餐露宿。

他们在崇山峻岭中穿行220多公里，走过茂县、汶川两个县7个乡55个村庄，在第一时间向指挥部报告了当地灾情，还协助当地民众抢险救灾，指挥、引导机降、空投20多次，为直升机选定8个降落点……

5月20日18时，15名勇士回到营地，受到部队战友和当地群众的夹道欢迎。看到他们干裂的嘴唇、满脚的血泡，人们不禁潸然泪下。

空中支援

陆航团冒险执行任务

2008 年 5 月 17 日 2 时 15 分，广东某陆航团接到陆航部抗震救灾指挥小组命令：

迅速做好飞行准备，参加四川省什邡市红白镇和绵竹市金花镇、清平乡、汉旺镇 15 个架次物资投放和抢送伤员任务。

汶川、什邡、绵竹这些重灾区，很多山峰都在海拔 4000 米以上，最低投放点也不低于海拔 1500 米，跨山高压线多，平地上的电线密如蛛网，不可预知的安全隐患非常多。

17 日 8 时 5 分，陆航团 6 架直升机从邛崃机场起飞，急速飞往抢险目标空域。

进入空域后，直升机只能降低高度，顺着深山峡谷飞行。以公路和河流为参照物，几乎是贴着峡谷在往前"钻"，就像是开车穿行在盘山公路上一样。

直升机在能见度不足 500 米的条件下飞行 40 分钟后，随着目标区域越来越近，能见度也越来越低。外面雾蒙蒙一片，灾区地形地貌难以辨认，根本不具备投放条件。机组只好原路返航。

10 时 30 分，机组又接到抗震救灾指挥部命令：

继续执行小木岭飞行任务。

大家提着帽子就爬上了直升机。此时，他们就一个信念，这一次一定要完成任务。

12 时 15 分，气象条件刚刚好转，6 架直升机再次起飞。

14 时 10 分，直升机第二次进入清平乡。

大山连绵起伏，山峰直插云霄，小木岭位于深山之中，地面救援人员根本无法到达。直升机沿着峡谷飞行，窄窄的峡谷不足百米，高压线横穿峡谷，到处都是。

张秦驾驶长机在前开路，赵志军驾驶僚机跟进。两架直升机先后进入。满载食品、药品的直升机如同在急流中的两叶小舟，上下颠簸。

山上浓雾弥漫，云雾跟山峰混在一起，分不清哪是山，哪是云雾，能见度不足 200 米。

14 时 35 分，直升机剧烈抖动起来，驾驶舱警告灯闪亮，显示地平仪坡度过大，直升机操纵难度增大、稳定性变差。

陆航团副参谋长、机长张秦紧握驾驶杆，降低前飞的速度，稳定直升机。眼前白茫茫一片，机上气氛异常紧张，白的是云、暗的是山，看不到前边的峡谷，就像在黑暗中摸索前行。

空中支援

075

共和国的历程·救援先锋

"高压线，提升高度！"突然领航员惊声喊道。

张秦也立即看见两根高压线直冲过来，眼看就要撞上。

张秦猛然提起变距杆，直升机长啸一声，竭尽全力摇晃着上升，机轮与高压线擦肩而过，呼啸着再次钻进蓝天。

回头望去，两根横跨峡谷上空的高压线有 1800 多米高，很难发现，黑色的电线杆像棵树，非常隐蔽。

汗水顿时浸湿了张秦和所有机组人员的衣服。

返不返航？

不能！灾区受困群众还在急切地盼望着解放军来解救他们，不能返航！

张秦再次调整了飞行状态。

"注意，注意，我们再次降低高度。注意读数。"

"高度 1500 米，1300 米……"

"找到目标。"

"准备投放。"

顿时，三四吨食物和饮用水迅速从机舱投入峡谷。巨大的轰鸣声吸引着众多的老百姓从深山里奔跑出来。他们向张秦机组做着感激的手势。张秦看着他们，顿时觉得一种感动传遍全身。整个机组也同样向群众们摆着手。

"我们还会再来的。"

当日，陆航团共飞行了 12 架次，投送了 4 吨生活物资，并及时运回了 7 名重伤病员。

晚上的例行飞行总结会后，团长李波没有睡觉。第一次飞行，副参谋长机组差点撞上高压线，险些造成机毁人亡的重大飞行事故。这说明飞行员对该地地形还没有研究得更深更透。整个晚上，他都在对着地形图研究分析地形地貌的特点。

5 月 18 日清晨的天空变得透亮，一抹阳光眼看着从天边染上来。

李波凭本能就知道这天是个好天气。

"大家迅速各就各位。"

装备完毕，所有机组人员全部上了机场，在直升机旁严阵以待。

果然没一会儿，指挥部命令：

绵竹市清平乡 800 名职工群众困在海拔 3000 米的山中，连续六天六夜没有吃的，生命已达到了极限，情况十分紧急。

当地地形十分复杂，是直升机空中飞行的最大障碍，但灾情就是命令，时间就是生命。

大家急呀，生命的救援是所有等待中最让人着急的。

"我们 773 机组请战。"

"团长，我去吧。"

"我昨天飞过小木岭。我熟悉那里的地形，我去！"

空中支援

副参谋长张秦道。

团长李波看着这些纷纷请战的飞行机组："谁都急。我们从飞机舷窗看到灾区被地震夷为平地时，我们每个机组成员都震撼无比，唯一的想法就是多救人，但不能盲目蛮干，这是飞行。"

李波道："这一趟我和张副参谋长带两个机组执行任务，其他同志待命。"

满载着救灾物资的两架直升机在巨大的轰鸣声中再次起飞。

直升机在多弯山陡、险象环生的峡谷中飞行，四周高峰耸立，几乎要贴着山体飞行。

"团长，请注意飞行高度，请注意飞行高度。"

再次跨过那条高压线时，李波回头看了一下，沉着地一压驾驶杆，飞机一头钻进深谷中，沿着峡谷搜索目标。

小木岭目标小、没有明显标志物，空中极难发现。直升机在峡谷盘旋了几周。没有人，也没有可供参考的目标区。

人呢？李波有点儿急，拉起直升机在山峰转了两圈，还没有什么发现。难道这一趟又要无功而返？

忽然领航员叫道："团长，你看前面有烟。"

森林深处不远的山顶上冒着一股青烟。那是灾区群众点燃的火焰，为直升机提供目标方位。

李波拉起飞机开始接近目标："注意高度读数。"

"高度 2800 米。"

"高度 3100 米。"

……

直升机在高海拔地区执行任务时，由于空气密度小，直升机发动机的加速性能变差，旋翼拉力减小，不但载重量会随之减小，而且直升机的操纵性能也会随之变差。

直升机慢慢上升，靠近目标。

很快，直升机已经到达实用功率的最大值了，随着巨大的发动机轰鸣声，飞机开始有点儿颤抖。

事实上，机组人员谁都清楚，现在直升机上是满载飞行。在装机的时候，大伙恨不得把所有的东西都装上飞机，可现在物资重量已成为高海拔悬停的最大的致命伤。

大家的心都提到了嗓子眼上。

李波锁紧眉头，黑红的国字脸上肌肉绷得很紧。他握着驾驶杆的手在努力地减少抖动。低头看下去，目标点山势陡峭，坡度有 70 多度，并无空旷的地域实施空投。

3000 多个小时的飞行经验告诉他，这个地方下不去，下去以后就可能拉不起来了。

"再转一圈。继续寻找可供投放的目标点。"李波拉起了飞机。

侧头看着下面，仿佛都能看到老百姓绝望的眼神。李波的心一颤，拉起操纵杆，飞机盘旋一圈后，再次接

空中支援

近目标点。

"高度?"

"高度 3000 米。"

"高度 2900 米。"

……

"团长，要高空无地效悬停?!"

机组人员都看出了团长的意图，不由得攥紧了拳头。

装载物资的直升机高空悬停意味着什么？大家都知道，直升机悬停是使十几吨重的飞机停在半空，完成相关作战保障任务，这叫地效悬停。因为是有空气压缩力反馈，才能有力支撑飞机稳住。这种武装运输直升机的最大悬停高度为 3000 米。

但在海拔如此之高的崇山峻岭之上，而且空气密度小，也就意味着直升机的功率在下降，而且没有空气压力反馈给直升机，峡谷的气流、参差的树木、迫近的陡壁……任何小小的闪失，都会酿成机毁人亡的惨剧，其中的危险性可想而知。现在直升机要悬停的海拔就在 3000 米，是该型直升机悬停的极限。

这不但是对直升机性能极限的一种挑战，更是对飞行技术的一种考验。

没有人说话，只有巨大的飞机轰鸣声。

李波紧握驾驶杆，调整姿态，操纵直升机，一点一点接近目标。

"高度 2980 米。"

"高度 2950 米。"

受气流影响，悬崖近在咫尺，飞机开始抖动的频率越来越大，稍有不慎，直升机的旋翼就会碰到山崖。

"高度 2920 米。"

"高度 2900 米。"

"10 米！"

领航员终于报出了飞机的离地距离。

直升机在海拔 2900 米的斜山坡上离地的距离只有 10 米了！

巨大的气流让群山和树木都为之震撼、低头。

"快，投放物资。"

李团长操纵着直升机，悬停高度控制却足足有 10 分钟之久，机舱内 1.5 吨生活物品和药品被迅速投入了目标区。

接着第二架悬停。

当两架直升机将 3 吨物资全部投送完毕拉起返航的时候，乡亲们的欢呼声与直升机的轰鸣声融汇在一起。

在这条充满危险的空中通道上，是这些勇敢机智的飞行员们架起了灾区人民的生命通道、希望通道，为救护灾区人民做出了巨大的贡献。

空中支援

陆航团打通空中走廊

2008 年 5 月 12 日 14 时 28 分，四川省汶川县发生里氏 8.0 级特大地震。

震后 3 分钟，成都军区某陆航团启动应急预案。

震后 5 分钟，全体官兵在机场集结完毕。

震后 15 分钟，所有飞机进入待飞状态。

震后 118 分钟，接到起飞命令，两架直升机紧急起航，飞向汶川……

蒙蒙细雨中，都江堰市上空的能见度不足 300 米。特级飞行员、副团长姜广伟，一级飞行员、参谋长杨磊兵分两路，在都江堰市和紫坪铺水库上空来回盘旋。

街道上挤满了避难的群众，城市面目全非……没有时间悲痛，机组人员迅速拍下一张张灾情图片。

都江堰市的灾情被迅速查明：市区大片房屋倒塌，紫坪铺水库大坝安然无恙。

随后，姜广伟多次试图深入汶川，终因山区余震不断、尘土漫天、气流紊乱，能见度不足 200 米而被迫返航。

强烈的地震造成山体大面积滑坡，通往山区的公路上到处都是塌方，超过 70% 的路面损坏，桥梁全部被毁。接连两天的大雨更是雪上加霜，一个个重灾区与外界失去联系，成为"生命孤岛"。

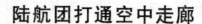

共和国的 *历程* · 救援先锋

5月13日，滂沱大雨中，陆航团紧急起飞直升机28架次，迅速查明了北川、青川、绵竹等大部分地区的灾情，为上级正确判断、迅速决策提供了宝贵的第一手资料。

5月14日，在参谋长杨磊的带领下，3架直升机同时飞向汶川。在余震引发的紊乱气流和不足200米的能见度中，他们第6次向震中发起突击！

9时6分，直升机在高山深谷中左旋右转，终于成功到达汶川县城上空，迅速上报了当地的灾情："汶川还在！"

大角度避开山峰、超低空穿越高压线……杨磊成功地将直升机降落在一个不足50平方米的河滩上。

至此，通向所有受灾县城和重灾乡镇的"空中走廊"被全部打通。

在北川、在映秀、在汶川、在青川……救援部队行进受阻，救灾物资送不进去，危重伤员救不出来，数十万群众受困深山。

直升机，成为受灾群众心中唯一的希望！

厚厚的云层中，见不到一丝光亮，直升机在黑暗中艰难飞行。突然，前方云层出现了一丝裂缝，直升机一跃而下……

5月14日7时48分，杨磊巧妙利用云层中的间隙，驾机成功穿越山区上空厚厚的云层，首次降落震中映秀。

直升机平常只能运送12名伤员。看着伤员们焦急的

空中支援

眼神，杨磊在机舱里反复调整，一次就运走了 17 名重伤员。

当天，飞行员们连续机降 50 多架次，运走了近百名生命垂危的伤员。到 16 日傍晚，映秀镇 300 多名重伤员被全部转运。

几乎每一个小时，飞行员们都能接到同样的任务：

抢运伤员，抢救生命。

几乎每一次飞行，飞行员们都尽可能地多拉几个伤员，多抢救几个生命。

川西高原崇山峻岭间，一条条通向"孤岛"的"生命通道"在空中延伸。直升机，成为灾区群众心目中"希望的神鹰"，成为"吉祥鸟"。

直升机的轰鸣中，生命的奇迹不断延续……

被埋在废墟下 179 小时的映秀湾电厂职工马元江，被救援部队救出后，由于现场医疗条件所限，生命危在旦夕。

此时，拥有 5800 多飞行小时的特级飞行员邱光华率领机组紧急起飞，在第一时间将马元江转运成都。经过医院及时抢救，马元江度过危险期。

与马元江一样，在废墟下被掩埋超过 100 小时，通过这个陆航团紧急空运而创造生命奇迹的就有 9 人。

这片满目疮痍的土地上，有无数热切仰望的眼睛。

哪里有生命需要抢救，哪里就有"神鹰"矫健的身影。

情况紧急！汶川县银杏乡附近发现一个 70 多人的老年旅行团被困峡谷。老人们的平均年龄 70 岁，地震当天已有 10 人不幸遇难，40 人受伤，幸存者奄奄一息。

峡谷周围高山林立、山头上高压线密布，飞行难度很大。陆航团接到通知后连夜制订飞行计划，果断决定，直升机在卫星定位导航指引下，低空穿越峡谷搜索遇险老人。

第二天一早，装备处处长郑军带领最有经验的机组直飞峡谷，冒险将直升机降落在一片布满乱石的河滩上。老人们得救了！

郑军说："在那种条件下着陆，平时想都不敢想，但为了救人，我们别无选择。"

向村寨进军！从 5 月 17 日开始，救灾部队官兵开始翻越重重大山，进村入户，不漏过一个村寨、一户群众，在灾区每一个角落进行"地毯式"搜救。

地震发生已几天了，可仅映秀镇附近就有 58 个偏僻的乡镇和村寨还没有救援部队到达。这个陆航团所在的集团军军长许勇毅然命令，陆航团的直升机采取"蛙跳式跃进"，穿越高山峡谷，将救援部队投送到每一个乡村。

越高山、穿峡谷、钻云层……这是中国陆航部队组建 22 年来，在执行同一急难险重任务中，集中动用直升机架次最多的一次，也是飞行环境和气象条件最为复杂

空中支援

的一次。

可是，要将世界直升机作战领域最先进的"蛙跳战术"首次应用到非战争军事行动的救援中，陆航官兵们需要的不仅是勇气，更是智慧。

10 支地面突击队迅速成立，突击队的使命是在深山中紧急开辟 10 个直升机机降场，为空中救援打开通路。

银杏、卧龙、耿达、草坡、陶关……每一个偏远村镇都回荡着直升机的轰鸣声，一支支救援队伍被直升机输送到灾区的四面八方。

食品、药品……源源不断地运进每一个村寨。5 月 19 日下午，直升机飞临三江镇河坝村，将 1 吨多的救援物资送到缺衣少食的当地 460 多名群众手中。

村长刘安友走上前来紧紧握住机组人员的手说：

> 地震之后，村里的房子都垮了，出村的路也全被堵死了，要不是你们来了，我们实在撑不下去了。

"雄鹰"的飞行没有终点……

因地震导致山体滑坡而形成的唐家山堰塞湖，储水量已达上亿立方米，成为悬在下游数十万受灾群众头顶的一柄利剑。水位，还在以每小时 12 厘米的速度急速上涨，情况危急！

水利专家急于实地勘察，但由于地势复杂，一连几天直升机也没能成功着陆。

艰巨的任务再次赋予陆航团。5月20日上午，当姜广伟驾机运送水利专家飞临唐家山堰塞湖上空时，不由得倒吸一口凉气。原来，地震完全改变了当地地貌，到处是大大小小的土丘，如果强行机降，直升机旋翼极可能与土丘发生剧烈碰撞，从而导致机毁人亡！

姜广伟驾机在湖畔上空反复盘旋。半个小时后，终于发现地面有一个巴掌大的五六米高的土丘。他把直升机悬停在空中，打开右侧舱门，缓缓向土丘靠拢。就在直升机贴近土丘的瞬间，专家们从悬空的直升机跳上土丘……

险情被迅速查明。

事后，专家们对姜广伟说："你开直升机，就像好莱坞大片里一样惊险！"

5月26日上午，姜广伟带领5架直升机再度飞往唐家山堰塞湖。此时的唐家山危险重重。他们的任务是，不惜一切代价，在堰塞湖上空建起一条"绿色空中通道"，把抢险人员和装备及时输送到最危险的地段。

第二天，消息传来，直升机成功将抢险人员、装备输送到位。唐家山堰塞湖排险工程顺利施工……

"不忘人民养育恩，为了人民敢献身"，是陆航团官兵们向祖国和人民许下的诺言。

团长余志荣家在汶川龙溪羌族乡，地震后父母兄妹等7名亲人生死不明。每天驾机从家乡上空飞过，望着

空中支援

已成瓦砾的家园，余志荣强忍着不让自己的泪水流下。

陆航团里，和余志荣一样，家在灾区的官兵有 86 名。就是这些官兵，共同担负起了解放军历史上规模最大的直升机空运救援行动。

灾情紧急，空运任务繁重，机组人员每天的飞行时间远远大于平时。有的机组一天要飞 8 到 12 个小时，而按条令规定，他们每天的飞行强度在 6 小时以内。

但是，只要祖国召唤，只要人民需要，就没有什么能阻挡雄鹰飞翔的翅膀。

参谋长杨磊驾机前往理县接运几名孕妇。快接近目的地时，山口突然刮起阵阵大风，飞机摇摇晃晃。

"我死死攥住操纵杆，降了下去。"杨磊事后说，"这样的天候状况我完全可以选择返航。但这次，我们多飞一次就能多拉几个伤员，哪怕只多拉一个也值得冒险。"

每次从灾区飞回，每名官兵都会带回一大把受灾群众向外地亲友报告平安的"亲情纸条"。陆航团全团的官兵帮助打电话、报平安。陆航团把这些信息通过广播、电视、报纸、网络一一公布。

亲情，在更大的空间得以传递……

5 月的最后一天，这个黑色的月份又被涂上了一层阴影。

"734！734……"

5 月 31 日 15 时后，汶川上空急切传出这样的呼叫。

"不要动，看下航向！"几分钟前，陆航团的塔台上听到这个声音后，"734"机组的通信信号就消失了。

留下这最后声音的，是51岁的机长、羌族特级飞行员邱光华。

5月31日14时56分，在执行抗震救灾任务中，成都军区某陆航团的邱光华机组，在驾机执行运送第三军医大学防疫专家到理县的任务返回途中，在汶川县映秀镇附近，因峡谷中局部气候瞬间变化，突遇低云大雾和强气流不幸失事，5名机组人员壮烈牺牲。

在失事的这架直升机上，除了机长邱光华外，其他机组成员还有：27岁的飞行员李月、46岁的空中机械师王怀远和28岁的陈林，以及23岁的二级士官张鹏。

在陆航团，谁也不相信邱光华机组会发生意外。

51岁的机长邱光华是我国培养的第一代少数民族飞行员，有着5800小时的飞行经历。仅在这次抗震救灾中，就飞行63架次，飞遍了所有重灾区。

邱光华的家乡，就在受灾最重的地区之一茂县。他在抗震救灾中6次飞过家乡上空。一次抢运伤员时，机降点距他家不足800米，在等待升空的间隙，他仍然没有回家，只是嘱咐弟弟照顾好80多岁的双亲，就又驾机升空了。

空中支援

邱光华和机组人员一起，运送救灾物资25.8吨，运送救援人员87人，转移受灾群众234人。这个英雄机组把对亲人的爱，融入到了对灾区群众的爱中。雄鹰一样的5位勇士，永远融入了川西北的青山之中。

地震灾区的天空，见证了成都军区某陆航团官兵对灾区人民群众的一片赤诚。每一次起飞，他们都在把希望送给别人；每一次降落，都有生命得到抢救，而危险却留给了自己……

至 6 月 10 日，他们共紧急飞行 1848 架次，飞行 1542 小时，抢运伤员 1126 人，转运群众 2171 人，运送救灾物资 619 吨，创造了我军陆航史上超强度、超气象规定飞行的最新纪录。

6 月 10 日，胡锦涛专门作出批示：

> 成都军区某陆航团的同志们急中央之所急，办受灾群众之所需，不畏艰险，不怕牺牲，顽强奋斗，为抗震救灾做出了突出贡献。我们要学习他们的英勇事迹和崇高精神，为夺取抗震救灾全面胜利而努力奋斗。

6 月 14 日，胡锦涛签署命令，授予成都军区某陆航团"抗震救灾英雄陆航团"荣誉称号。

四、 大力营救

● 2008 年 5 月 17 日，偏远山村受灾群众的安危深深牵动着国家主席胡锦涛的心。

● 随着"进村入户"的命令传送到部队，数万将士即刻徒步向村寨进发，他们心中只有两个字：救人！

● 小郎铮停止哭泣，轻声道："叔叔，谢谢你们。"而当战士们小心地抬起他时，他慢慢地抬起右手，敬了一个礼！

中央命令部队进村入户

2008 年 5 月 17 日，偏远山村受灾群众的安危深深牵动着国家主席胡锦涛的心。

当时，在四川抗震救灾第一线的胡锦涛，当面指示中央军委副主席郭伯雄和有关部队领导，迅速组织精干的小分队，带着食品、饮用水和药品，徒步进入深山区，火速赶往这些村庄救援，把抗震救灾工作扩展到所有乡村，进村入户。

此前，联合指挥部组织救灾官兵以空投、摩托化开进、徒步行军等一切可能的方式，在 5 月 15 日 23 时 35 分前，全部进入 58 个乡镇。

然而，因道路中断、通讯中断、情况不明，大地震发生 5 天后，仍然有 405 个村寨与外界隔绝联系，34 万群众亟待救援。从中央到参加救援的 13 万多官兵，都为每一个平民百姓担忧：灾情如何？还有没有幸存者？

17 日深夜，成都军区抗震救灾联合指挥部内灯火通明。大比例尺的地图占满了整个墙壁，405 个亟待救援的村寨被一个个红圈标注出来。这些村寨全部远离交通线、山高沟深、地势险要。由于地形和天气的原因，直升机无法起降，唯一的办法就是徒步进入。

几十位将校军官，面对地图展开详细部署。同一时间，5个责任区指挥部里——济南军区、第二炮兵、武警部队等参加抗震救灾的每一支部队的指挥部内，都在作同样的部署，一一在地图上细心地标注出每一个村寨和拟进入的官兵人数、携行物资。

1时，随着一道道电波，"进村入户"的命令迅速传到分布在几百个救灾点上的一支支部队。

数万将士即刻出发，徒步向村寨进发，他们心中只有两个字：救人！

从汶川到北川，从平武到江油，在重灾区的崇山峻岭中，70多名将军带领着数百支突击队，向着一个个村寨进发。

18日上午，空军政委邓昌友上将带着100多人的队伍，艰难地走在什邡市麻柳坪镇的崎岖山路上。紧跟着他的是两名少将：空降兵某军军长王维山、政委赵以良。

19日下午，成都军区副政委段禄定中将率领200名官兵，跋涉了5个小时的山路，抵达白坭乡金泉村。

"水磨乡全部到达！"

"漩口镇全部到达！"

"银杏乡全部到达！"

……

报告不断飞向成都军区抗震救灾联合指挥部。19日14时，救灾部队全部到达重灾区40个乡镇405个村寨。

29日、30日，在前期2.8万多名官兵"进村入户"的基础上，成都军区抗震救灾联合指挥部再调动部队和

大力营救

民兵预备役人员 6.2 万人，向边远偏僻的 100 个乡镇 1000 个行政村拓展救助面，使部队和民兵预备役"进村入户"人数达到 9 万多人。

联合指挥部还专门下发《指导部队"进村入户"66 条》的文件，对下一步"进村入户"的目标、原则、任务、程序、特殊情况处置及有关要求和注意事项进行了规范。

中央军委副主席郭伯雄，日夜奔波在抗震救灾第一线，对部队"进村入户"落实情况进行检查，现场研究解决群众反映的困难和问题。

当时，近十万的军队深入到每个受灾乡镇的行政村组，在一个个废墟上拉网排查，不留任何死角，在细致深入的查找中，不断创造营救生命的奇迹。

不放弃一线救援希望

2008 年 5 月 12 日，北川曲山幼儿园，一个普通的下午在瞬间被演绎成最黑暗的时刻。

地动山摇、乱石横飞之后，3 岁的小郎铮被压在废石瓦砾之下。他拼命哭啊哭，但是，没有人理会他！平时一有声音就会出现的阿姨没管他，平时不许他淘气的爸爸妈妈也没管他。怎么没人管了呢？

5 月 13 日早晨，天微微亮，有声音传来："下面有人吗？听见请回答！"

迷迷蒙蒙的小郎铮分辨了一下，然后稚嫩而虚弱地答应："叔叔，我在这里。"

霎时，一束电筒光循着他的声音而来，然后，有人焦急地说："孩子，别怕！你看得见电筒的光吗？"

"看得见。"小郎铮乖乖地、安静地回答。

顺着电筒的光，救援战士李帅看到了穿着黄色衣服的郎铮，被压倒在一道卷帘门隔着的砖瓦之间，似乎未受重伤。

"别怕！叔叔马上来救你！"李帅边招呼不远处的战友们过来帮忙，边冲到郎铮的身边。

郎铮努力侧了侧头，看见穿着迷彩服的叔叔赶过来，觉得他就像爸爸或者爸爸的同事一样，一定会有办法的！

大力营救

于是，郎铮提高声音不断叫："叔叔，快救救我！"

冲下去的李帅准备抱起小郎铮时才发现，他的左半个身子压在水泥板底下，左手压在最里面，一点儿也挪不动。李帅试着抱了一下，郎铮痛苦地叫道："叔叔，痛！"

脸色苍白、一头血污的郎铮睁着可怜无助的大眼睛看着李帅，紧紧地咬着嘴唇。

李帅和他的战友在一瞬间被打动了，这孩子太坚强了！但时间不容他们去体会这种感动，救人第一！

大型机械还没有运进来，他们只能跪着趴着，拼命用手刨、用钢钎撬，将一块块断砖碎石扒开，用脸盆将水泥灰土飞快搬走，小心地、快速地、谨慎地搬开压在小郎铮身上的碎石瓦砾，生怕他再受到第二次伤害。

战士们手指磨破了，膝盖跪麻了，但没有人停歇一秒钟。整个过程小郎铮都很配合，不哭不闹，只是睁着大眼睛充满希望地看着汗如雨下的救他的叔叔们。

半个小时，仅用了半个小时，李帅抱起了小郎铮，也就在这一瞬间，小郎铮大哭起来。是啊，他已经被整整压了18个小时！在凄厉、寒冷的雨夜，他是怎么度过的？在那无助、无能、无法动弹的18个小时里，他幼小的心灵经历着怎样的煎熬？此刻，能哭，挺好！

可爱的小郎铮一边哭一边说："我的鞋子！"

"好！好！"战士们一边安慰他，一边赶忙从废墟里刨出他的鞋给他穿上，又找来一点儿葡萄糖水喂他。装甲团的卫生员查万军迅速赶到，给郎铮已经骨折的左手小臂做了一个简单的夹板并包扎。

这时，战士们从附近找到一块结实的木板，小心翼翼地将郎铮放在上面。这个时候，小郎铮停止哭泣，轻声道："叔叔，谢谢你们。"而当战士们小心地抬起他时，他慢慢地抬起右手，敬了一个礼！

《绵阳晚报》摄影记者杨卫华捕捉到了这一瞬间，然后，泪模糊了双眼。

5月13日凌晨，正在曲山小学搜救的修理连连长黄河听到废墟里有孩子的哭泣声。透过瓦砾的缝隙，他看见了让他终生难忘的一幕：已经僵硬的年轻父母保持着生命最后的状态，用一切力量护卫着依然哭泣的孩子。

突然降临的灾难将那一刻定格，让所见的官兵都震撼得忘了流泪。

一定要救出这个孩子！

然而，所有的方法所有的方案，所有的努力所有的工具都用遍，效果微乎其微。余震不断，孩子所在的位置太深，上面的废墟又多又悬。已经坍塌的房顶随时可能再次垮塌，将所有的缝隙完全填满！甚至，官兵们不小心、不谨慎的搬动都可能造成不可挽回的后果！不能盲目施救！而且此刻，夜晚又来到了。

当晚，他们通过废墟的缝隙给孩子喂水、喂酸奶。

下半夜，大雨袭来，就像是为了洗涤这因大地的过错而造成的遍地血腥。倾盆的大雨浇在裸露的废墟上，试图掩盖那些微弱的哭泣声。

官兵们守在缝隙边，不停地和她说着话，问她叫什么名字，会数数吗？官兵们讲着不擅长讲的故事，与她一起共度着漫漫长夜。这一夜，官兵们的心悲凉如雨；这一夜，孩子泪洒如雨。

天一亮，官兵们就开始施救。这是一次多么难的解救！挪开像积木一样搭在一起的水泥板，就像做着挑棍子的游戏。稍有不慎，就可能像多米诺骨牌一样引起一连串的坍塌。余震也不消停，数吨重的水泥板块随时可能成为重磅炸弹，让营救人员与被埋者一起粉身碎骨！各种危险暗藏在狰狞的废墟上。

展开施救的官兵，小心地用木头撑起水泥板，用锹挖、用手抠、用镐刨……轻轻地、慢慢地。4个小时后的惊心一瞬，这个叫馨懿的孩子成功获救！

"让开！让开！"战士们抱着浑身是伤的小馨懿，飞奔向医疗救助点。大雨倾盆，山路泥泞，10名官兵接力护送，一刻也不敢停歇。

快到山口时，正碰上来到灾区视察灾情的温总理。温家宝看到战士们正奔跑着运送伤员时，立刻站到路边，让出了这条生命通道……

2分钟后，馨懿进入了临时手术棚……

也许有一天，我们会看见一个用单腿跳芭蕾的女孩儿，那一定是曲山小学的李月。这位11岁的小女孩儿，埋在废墟里依然笑着，依然说："叔叔，不要截我的腿，我喜欢跳芭蕾，长大了我要跳芭蕾！"在场的干部、战士、医生、护士忍不住哭了。大家太想帮她实现这个愿望了！

于是，一批一批的救援队伍赶到，一队队的医疗人员研讨方案……70多个小时过去了，李月的腿没保住。那一刻，炮兵营营长陆益斌用雨衣紧紧裹住她；那一刻，她哭得伤心欲绝……

都江堰新建小学的小学生在废墟里等待被营救时，不知是谁带头唱起国歌；都江堰聚源中学15岁的初三学生高莹，在废墟下被埋20个小时后获救，虽然永远失去了双腿，但她依然微笑着说："要勇敢，不要哭。"

"叔叔，我不急，先救他们。"

"叔叔，别着急，我还能坚持。"

这些精灵般的孩子，让世界充满了多少真！多少善！多少美！可是……

坍塌再次发生，一块巨大的混凝土块眼看就在往下陷！大家将想要往里钻的战士死死拖住，这个刚从废墟中带出了一个孩子的战士就跪了下来大哭，对拖着他的人大嚷："你们让我再去救一个，求求你们让我再去救一个！我还能再救一个！"

5月18日11时，距离地震已经141个小时，早已过了所谓的"黄金时间"。江油市工业技校的两名老师和水泥厂附近的一位老大娘，找到驻滇某炮兵旅正在救灾的官兵，对他们说，四川江油市武都镇武德水泥厂一幢居民楼废墟里，好像还有人活着！"我们听到废墟里传出了敲击声。"两位教师肯定地说。"我听到有哭声。"老大娘也说。

生命的奇迹将再次出现？旅长卢兴波和政委郑璇当即派出70余名官兵前往抢救。

震倒的居民楼就像被撕得七零八碎的破布条，在风中摇曳。那根本不符合力学结构，但却依然顽固矗立的残楼，看上去既诡异又恐怖。而旁边还有一座岌岌可危的高楼倚靠在这栋居民楼上。

70名官兵争相上阵，不懈战斗，清理完废墟，搬走水泥预制板和砖块数十立方米。第二天1时许，江油发生里氏6级余震，施救现场危机重重，但官兵们将自己的安危置之度外，坚持抢险。救援工作已连续进行17小时，仍没结果。一些群众怀疑是报告人出现了幻觉。

天亮了，连续奋战25小时的炮兵旅官兵几乎搜遍了废墟的每一个角落，没有人，没有人，没有人！甚至连只有生命的小猫小狗都没发现。

这一结果未免令人遗憾，但官兵们无一后悔，反而因为有了答案而欣慰而踏实。

极其相似的一幕幕在灾区各地重演着，救灾的官兵们，演绎着"不抛弃不放弃"的精神。

全力寻找生命迹象

2008年5月12日地震后，都江堰新建小学救援现场，教学楼已是一片废墟，只有靠近西侧的一堵墙没有倒塌，可以证明这里曾经是一座四层楼房。废墟上，到处散落着学生用的课本、书包、作业本、文具盒，还有一只只颜色不同的小鞋子。

大门外，几百名学生的家长在焦急中呼喊着自己孩子的名字，有的在号啕大哭。据学校老师介绍，当时，还有300多名学生被埋在废墟里。

一个在现场指挥的地方领导站在废墟上对着门外的家长们高喊："国家救援队来了，我们的娃儿有救了！"

一个小时之前，温家宝曾在这里对人们说："我们有一支技术力量很强的国家救援队马上就要赶到了，他们一定能把废墟里的幸存学生救出来！"

此时，表层救援已基本结束，国家救援队一到，在场的其他救援队伍撤离。

副队长刘向阳擦了一把脸上的泪水，把手一挥："快！快展开！"

一时间，队员们冲上废墟，利用生命影像探测仪、红外和声波探测仪展开搜索，一条条搜救犬在废墟上快速奔跑着寻找幸存者。队员们对着一个个有缝隙的地方

大力营救

高声呼喊："有人吗？"

人、犬、先进器材三结合的地毯式搜索迅速地、有条不紊地展开。不到 3 分钟，几条搜救犬在不同的方向发出警报，生命影像探测仪探测出了幸存者的准确位置，高科技救援手段在救援现场发挥着重要作用，一个个鼓舞人心的生命信息不断传来。

两个小时之后，第一名幸存者被成功救出，队员们一片欢呼。

3 小时过后，救援队已经救出了 8 名幸存者。

随着一个个孩子被救出，底层的救援难度在不断加大，发现生命迹象的难度也在加大。

"汪、汪、汪"，搜救犬又发出了警报声，二连指导员杜国平迅速带队员张文起、于爽、陈飞兴奋地奔向搜救犬吠叫的地方。

在一块大水泥板中间的缝隙处，杜国平趴下身子听了一下，下面有微弱的声音。陈飞则透过一缕光线，隐隐约约看到废墟深处一张小女孩儿的脸，她的小手明显在动，胸部在起伏地呼吸。

让人兴奋的是，陈飞还看到了在小女孩身边，还有一名小男孩儿幸存，两个小孩儿之间的距离只有两三米。刘向阳查看完现场后，立即会同大家作出了救援方案，眼下最要紧的是先把大水泥板吊开，然后才能实施救援。

水泥板被吊起来了，站在吊车下面的刘向阳的心也悬起来，每上升一厘米，他的心就揪一下。他挥动着双手，仰望着天空，一再高喊："慢！停！"他知道，掉下来的哪怕是一块废渣，都会伤着废墟里的孩子。

与此同时，队员们也在对着废墟里的孩子喊："闭上眼睛！"水泥板被吊开了，小女孩儿的身体暴露出来。张文起首先跳进废墟，只见小女孩儿的身体旁拥挤着遗体，互相缠绕在一起，还有两具遗体抱着小女孩儿的腰。

不远处，那个小男孩儿身边也有几具遗体，但男孩儿的状态很好，他正在用手挖身边的土块。张文起问小女孩儿："你伤在哪儿?"小女孩儿摇摇头，用微弱的声音说："不知道。"

就在这时，忽然听到废墟上面有人喊："总理来了！"

温家宝急切地来到废墟上。此时，天正下着大雨，工作人员把雨伞举到他的头上。温家宝把伞推开，向着救援现场走去。

刘向阳迎上去对温总理报告说："报告总理，我是国家救援队的副队长刘向阳，我们已经在这里救出了 8 名幸存者。"

温家宝满意地说："好，谢谢你们，你们是好样的！希望你们能尽快地救出更多的幸存者。"

温家宝蹲下身子对着废墟里的女孩儿说："孩子，你一定要挺住，你一定能获救。"

刘向阳对着小女孩儿说："总理爷爷来看你来了，你一定要坚强。"

废墟里的小女孩儿说："总理爷爷……"

大力营救

　　从废墟上看不到小男孩儿的身体，却听到了他的声音："总理爷爷好，我很坚强。"

　　听到这话，温家宝的眼睛湿润了，两行热泪一下子流了下来。在场的人都流泪了。

　　温家宝见雨水淋湿了小女孩儿的脸和头发，心疼地对刘向阳说："找个东西，给孩子遮一下。"

　　刘向阳马上派一名队员给小女孩儿送去一床被子，裹住了她的身体。

　　温家宝慢慢地站起身来，眼泪还在不住地流。少顷，他对刘向阳说："你们一定要把这两个孩子救出来。"

　　刘向阳含泪激动地说："放心吧，总理，我们一定完成任务！"

　　温家宝冒雨亲自在现场指挥救援，20分钟后才离开。临走时，他再一次叮嘱刘向阳一定要把两个孩子救出来，并对身边的当地干部说："你们要查一下这两个孩子叫什么名字，将来我要去看他们。"

　　"你们一定要把这两个孩子救出来。"望着总理远去的身影，总理的嘱托不停地在刘向阳耳边回响，他感到了一种从未有过的压力。

　　他对队员们说："我们不能辜负总理的重托，一定要把两个孩子救出来，而且要完完整整地救出来！"

　　从现场看，这些孩子是从楼上跑下来，冲到一楼门口时被砸倒的，好在西面的一堵墙没有倒塌，才使他们成为幸存者。

队员们轻轻地把小女孩儿身边的遗体挪开，然后用手把小女孩儿身边的石块、水泥渣一点一点清掉。小女孩儿的身体全部露出来了，但拽了一下还是拽不动。

几个队员又接着挖。说是挖，其实是用手指头抠。抠一会儿，挪一下小女孩儿的身体，问她疼不疼，冷不冷，再给她水喝，鼓励她坚持住。

经过两个小时的奋战，小女孩儿被于爽抱出来了。当于爽抱着小女孩儿走出废墟时，在场的人都异常兴奋。

刘向阳却提醒大家不要鼓掌，不要欢呼，甚至提醒记者不要用闪光灯拍照，因为小女孩儿太虚弱了。

又过了半个小时，那个小男孩儿也被救出来了。被抬上担架的时候，小男孩儿送给大家一个从容的微笑。这一笑，让刘向阳如释重负，心里特别踏实。

经核实，被救出的男孩儿叫赵其松，女孩儿叫王佳淇。这一天，救援队在新建小学共救出 15 名幸存者。

当国家救援队的团长王洪国带队赶到都江堰聚源中学的时候，天正下着瓢泼大雨。四周一片漆黑，只有几束灯光孤零零地照射着救援现场，几架吊车在进行挖掘作业，周围到处是群众的呼喊声和哭叫声。

借着灯光可以看到，这所中学已在突然降临的地震灾难中遭受重创。教学楼除了中间的楼梯还立着，两侧的楼房已夷为平地，一层层楼板以不同形状叠压着、交错着，已经看不清这幢楼到底是几层。

据在场的学校领导介绍，该校 18 个教学班的 800 多

名师生被埋压在废墟中。"下车！救人！"王洪国一声令下，队员们齐刷刷地下了车。

共和国的
历程
· 救援先锋

大雨中，队员们携带救援工具火速冲向废墟，搜救犬在废墟上奔跑，队员们利用生命影像探测仪展开搜索。

不到一分钟的时间，生命影像探测仪的屏幕上显示了废墟下有生命体征。在紧挨楼梯的一侧，队员们听到废墟深层发出了微弱的求救声，并可以分辨出是一名女孩儿的声音。

有生命迹象！现场指挥组、营救组、器材保障组、观察组迅速展开。一营副营长张庆山带一连指导员杨茂、三连连长韩丕龙及 10 多名战士负责营救这名幸存者。

经过深入废墟仔细观察，在三层楼板与四层楼板之间大约有 20 厘米的缝隙，幸存者的求救声音就是从这个缝隙里发出来的。

队员们先用气垫把楼板慢慢顶起来，然后再塞进木块，这样，缝隙就扩大到 50 多厘米。两名队员戴着装有探照灯的头盔，顺着被扩张的缝隙钻了进去，借着探照灯的灯光在废墟里探寻接近幸存者的途径。他们一边往外清理石块，一边一寸一寸地往里爬。"里边有人吗？"队员在喊。

"叔叔，我在这儿……"幸存女孩儿发出微弱的声音。

顺着声音望去，队员可以看到女孩儿呈半躺姿势，双腿被碎石碎砖牢牢卡住，全身只有头部能够动弹，但女孩儿很镇静，表情很自然。

队员被女孩儿的坚强所感动，安慰她说："你一定要坚持住，我们一定把你救出来。"女孩儿点点头。

然而，几个组的队员轮流作业，各种器材都用上了，两三个小时过去了，女孩儿的身体还是挪不动，救援工作没有突破性进展。

5个小时过去了，还没找到有效的营救办法。在安慰女孩儿的同时，队员们的内心也急躁起来。

集团军张明副参谋长、王洪国团长也急得满头大汗。我们是国家救援队，是幸存者获救的最后和最大希望，如果不能把发现的幸存者安全救出，将有辱国家救援队的形象和声誉。

会同地震专家的意见，他们最终作出了新的救援方案，对被埋女孩儿身边的压物采取曲进、侧进等多种形式进行救援作业，多侧面、多手段地接近幸存者，把夹在她腿上的水泥块清除，用军刀把桌腿砍掉。新的方案果然奏效。

5月13日9时10分，经过长达6小时的艰苦奋战，幸存女孩儿终于被成功救出。

到13日下午6点，救援队在聚源中学共救出5名幸存者。而刘向阳所带领的支队也传来消息：他们已经救出了19名幸存者。

5月16日下午，王洪国率部到达北川。此时距地震发生时间已过了100多个小时，黄金救援时间早已过去，

大力营救

废墟里再发现幸存者已是奇迹。

18日，救援队通过生命探测仪又发现了一名幸存者，奋战几小时，幸存者被成功救出，给了队员们以极大的鼓舞。截至当天，救援队已经救出了48名幸存者。

晚上，王洪国在帐篷里反复琢磨，并找来副营长张庆山商量，决定：下一步由全面搜索改为重点搜索，重点目标放在菜市场、超市等有蔬菜、水源的地方，幸存者可以借助这些食物维持生命。

19日天刚亮，王洪国找来当地群众做向导，又带着队员们出发了。

来到北川县曲山镇的老城区，在一个小河边倒塌的废墟前搜索犬发出警报。当轻轻挪开了幸存者身边的木板和家具时，队员们发现幸存者竟是一名老太太。老太太身体偏胖，精神尚好。她告诉队员说，她叫李明翠，今年61岁。出来后，她不住地向队员们说："谢谢！谢谢！"

李明翠被抬上担架送往医院。王洪国看了一下手表，从发现到营救一共用了一个半小时，而这位61岁的李明翠竟在废墟里生存了164小时。

白衣战士拼死抢救伤员

2008年5月12日下午的汶川大地震，是新中国成立以来破坏性最强、波及范围最广、受灾人数最多、救灾难度最大的一场地震灾害。

北川告急、汶川告急、青川告急……

灾情紧急，人命关天，救人成了压倒一切的工作。

"尽快抢救伤员，确保灾区人民群众生命安全。"震后一小时，中央作出的重要指示随电波传到震区，传遍全国。

治病救人、转移伤员、严防疫情……6万医疗卫生大军第一时间奔赴灾区，与死神赛跑，掀起了一场场气壮山河的生死救援，唱响了一曲曲慷慨悲壮的"免人之死，解人之难，救人之患，济人之急"的时代之歌。

地震发生后，四川省卫生厅第一时间启动了抗震救灾应急预案，一支支应急医疗队伍开始向灾区冲锋。与此同时，全国各地的医疗卫生工作者也已整装待发。

12日15时，距离地震发生仅半个小时，由四川大学华西医院和四川省人民医院等医院专家组成的应急医疗队开始向震中汶川进发，打响了医疗卫生大军奔赴灾区火速救援的第一仗。

这支应急医疗队急救车队队长王永茂说："救护车拉

大力营救

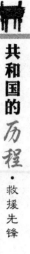
开警报一路狂奔，早一分钟到达就能多救一条命。巨石拦路、道路中断，我们又连夜赶到灾情严重的北川，在那里开展应急抢救和转运伤员。"

13日零时30分，这支应急医疗队终于抵达北川羌族自治县开展救援。四川省卫生厅12日共派出28支、90余人的医疗、疾控队伍和28台救护车携带着相关急救药品、器械奔赴汶川、什邡、绵竹、北川等地。

这是一场众志成城的全国抗震救灾战役。

5月12日深夜，卫生部召开紧急党组会，在与四川通信中断、灾情不明的情况下，启动了一级卫生应急响应机制，先紧急抽调北京、天津、江苏、山东的700名医务人员组织应急医疗队，于次日急援灾区，并连夜从邻近几省和部队紧急调用大批血液、代血浆、药品和器械随队前往。

当晚，许多省、自治区、直辖市卫生部门领导同志致电卫生部，主动要求派遣医疗队，奔赴救灾最前线，并表示所有医疗卫生人员都已做好准备，只等一声令下，即可出发。

5月13日凌晨，由来自第三军医大学3所附属医院、重庆市疾病预防控制中心、重庆市血液中心与3所市级医疗单位的专家组成的101人的应急救援队抵达灾区，成为全国第一支进入地震灾区的外省医疗队。

把保证人民生命安全放在第一位，这既是抗震救灾最重要的任务，也是以人为本的核心理念。

时间就是生命。在地震后的短短几天里，各省、自治区、直辖市卫生部门纷纷向灾区派出了医疗队。这些医疗队，有些是卫生部指派的，但更多的则是自发的，或是"先斩后奏"的。

"担架！抬病人！手术！"几天来，坚守在一线的医务人员就是在这样此起彼伏的高喊声中工作着的。抢救的前两天，救护车几乎以每5分钟一趟的频率驶入各家医院，并瞬间填满医院外的帐篷。

解放军二炮总医院副院长、年近50岁的李志韧，带领医院92名医护人员，从5月14日开始，冒着塌方和泥石流的危险，连续转战北川、绵竹和安县等灾区。她说："抢救伤员的工程兵在哪儿，我们的医护人员就应该出现在哪儿，这样才能确保掩埋在废墟中的群众能抢得出、救得下、治得活。"

"医疗队应该走村入户，送医送药。"李志韧在动员会上对医疗队员说，"灾区哪里有伤病员，我们就往哪里去。"

短短6天时间，他们就走遍了16个乡镇、78个村寨，巡视8000多人。李志韧的脚底板布满了水泡，脚面和小腿也肿起好高，多次累得晕倒在抢救现场。

云南省公安边防总队教导大队卫生所负责人、女医师石云川主动请缨，带领22名女兵，奔赴救灾第一线抢救伤员，先后对28个被掩埋在废墟里的重症患者、1400多个伤病员进行救护，被灾区群众称为废墟上的"生命

大力营救

天使"。

为确保手术成功，她带领大家多次论证，努力寻求最佳治疗方案：能用小手术治疗的，尽量不动大手术；能采用保守治疗的，尽量不截肢。即使是面对几乎坏死的上肢或下肢，石云川和队员们在"截与不截"之间也要论证许久，最终作出结论。

5月12日下午，广州军区武汉总医院医疗队的11名专家教授主动请缨："我们都参加过'98抗洪抢险'、'抗击非典'和'抗击雨雪冰冻灾害'等重大救灾活动，具有救治经验，恳请批准我们参加医疗队……"

这批专家中年龄最大的是神经外科专家余泽、老年病专家黄尚珍。他们都已经60岁了。

黄尚珍的左腿曾经骨折，一走路就疼，但她毫不介意；曾被评为"全军优秀护士"的邓胜平，患有腰椎间盘突出、坐骨神经痛等疾病，她悄悄随身带了一个月的药物；57岁的卢绮萍，出发前得知父亲去世的消息，但在接到随医疗队出发的命令后，她二话不说，抹去眼泪，背起了行囊。卢绮萍腿部受伤拄着棍子看伤员；汤韧全身过敏仍全力救治伤员；王启全、黄尚珍和邓胜平在天池乡差一点被乱石砸中；余泽连续48小时在受灾严重的什邡市蓥华镇救治受伤群众……

让人们记住的还有解放军总医院高级专家医疗队队员、79岁的卢世璧院士利用片刻休息时间发给外孙女的一条短信："全身大汗，短袖衣衫；骨伤三百，手术等待；医疗队员，被阻途间；路途艰险，一心向前；志愿者多，全来捐献；众志成城，定可胜天。"

在救治伤员的过程中，医院病人超员、医疗资源紧缺、医务人员超负荷运转……这些问题困扰着抗震救灾的第一线。

5月17日下午，国务院抗震救灾总指挥部会议提出：

要全力开展有序、有效的救治，保护伤员生命安全；统筹周边省、市医疗资源，适度分流、转运、收治受伤群众。

我们要尽一切努力，不仅要延续生命，而且要让生命健全。

为了灾区伤员的生命安全，为四川减压，为国家分忧，全国各地纷纷高举双手，向受灾同胞敞开胸怀。

重庆腾出5000张床位，陕西交来申请书，云南递上请战书……

5月17日，重庆市卫生局55辆救护车从绵阳接走59名病情较重的伤员。

5月19日，首列转送伤员的专列载着206名伤员驶上新生的旅程。

5月20日，首趟运送伤员的"爱心号"航班展翼，将36名重伤员以最快的速度护送至广州接受治疗……

一场伤员大转运、大护送、大救治活动，一场绵延

大力营救

113

千里的生命接力在全国迅速展开，成为灾后救治工作的又一壮举。

到5月29日，四川灾区已累计转送伤员8678人。卫生部决定，将转送地震伤员的总数由原计划的8000人调整为1万人，接收地为20个省、自治区、直辖市。

每过一辆救护车就能听到一阵掌声，每走一步都能看到关切的目光！

东航航班上，每位伤员手腕上都绑着一根蓝色的腕带，上面写着病人姓名、病床号、病情等资料。这是华西医院的护士、医生们连夜赶出来的，以避免伤员转移后出现差错。

机舱的座椅拆了，腾出空间安放伤员。细心的机务人员还用绳索将担架的四个角固定，防止飞机颠簸时弄痛伤员；专列的每节列车都卸掉一扇窗户，掀起所有的中铺并用专业卡锁锁住，以便伤员直接上车安卧；飞机、列车上的急救设备配备齐全，以便进行及时的治疗……

为了高效地接收伤员入院，赴川迎接伤员的护士以短信的方式向后方提供伤员的基本信息。

在全国十几个省、自治区、直辖市的各大医院内，在专门收治地震灾区伤员的"爱心病房"内，大批的医护人员、志愿者正在全身心地投入到这场救治同胞的"爱心接力"之中。

山东烟台毓璜顶医院创伤骨科病房近200米长的走廊里，一夜间出现了50多张病床。得知医院要接收灾区伤员，病人们主动腾出了病房。

抢救生命的同时，还需要拯救心灵。肉体的创伤容易治疗，心灵的伤痕难以弥合。

针对灾后心理疾病的问题，5 月 15 日，卫生部就颁布了《心理危机干预》方案，5 月 19 日印发了《紧急心理卫生干预指导原则》，指导专业人员开展心理救援工作。

灾后，受灾地区的精神病医院和综合医院精神科的专业人员立即组织起来，开展心理救援工作。

卫生部派出的医疗队中也都有心理卫生工作人员，赶赴灾区开展心理救援工作。他们深入到灾区一线学校、社区、部队、医院，有针对性地进行心理评估和心理干预治疗。

在这场灾难面前，当人民生命安全受到严重威胁的时候，广大医疗卫生工作者表现出了强烈的责任感和事业心。他们夜以继日地工作着，自觉地、积极地履行自身的天职和责任，将一个个生命从垂死边缘抢夺回来，努力让他们的生命之灯继续发光。

在抗震救灾的日子里，在地震灾区，时时处处演绎着人间的大爱故事，那种舍己救人的伟大无私精神，唱出了一首首感人的战歌，鼓励着灾区人民，激励着全国乃至全世界的人民。

大力营救

共和国的
历程
·救援先锋

真情永远凝聚在灾区

2008 年 5 月 12 日，四川省汶川县特大地震灾情，牵动着全国各族人民群众扶危助困的关爱之心。他们纷纷伸出援手献出爱心，捐款捐物。

四川汶川地震发生后，中国各地纷纷组织救援人员，调拨各种救援物资，支援灾区抢险救灾。

在 5 月 13 日，北京市委、市政府向四川致电慰问，并首批捐助 300 万元；湖南省委、省政府向四川地震灾区发慰问电，并捐助 500 万元；广西红十字会向四川地震灾区捐款 10 万元；深圳市捐款 200 万元人民币并公布捐款热线和账号；山东省委、省政府给四川省发出慰问电，并捐款 300 万元；山东省慈善总会首期向地震灾区捐赠 50 万元救灾资金；南京向成都捐款 500 万元；广州市红十字会紧急援助四川灾区 50 万元；天津向四川灾区捐助 300 万元和相应救灾物资；辽宁紧急援助四川地震灾区 4000 顶帐篷、5 万床棉被……

速度就是生命，时间就是生命！随着震灾发生的消息传开，一场全国范围内的火速大救援以最快的速度全面展开。

全中国在行动！一辆辆满载救灾物资的车辆，一队队装备精良的救灾医疗队，一组组救灾机械，从四面八方汇集成一股股强大的洪流，涌向地震灾区，来到灾民的身边！

从棉衣到药品，从急救血浆到机械，救灾物资迅速在全国各地聚集起来。

从沿海到内陆，从都市到乡村，满载救灾物资和救援队伍的汽车、火车、飞机第一时间从各地出发，向着灾区呼啸前进。

与此同时，在全国各地，每一个捐助点前，每一个献血车前，每一个能够献出爱心的地方，人们排起了长龙。他们以一个个普通中国人的力量，为抗震救灾筑起了坚强后盾。

从学校到工厂，从机关单位到社区街道，到处张贴着大红的募捐倡议书，捐款"光荣榜"姓名越写越多、越写越密。

在这些为灾区人民献爱心的队伍中，许多人、许多单位把灾区人民的安危置于首位，把困难留给自己。

比金钱更宝贵的是真情，比水更浓的是血。与此同时，筹款赈灾活动正在香港18区迅速展开。

在铜锣湾闹市区，香港立法会议员、民建联主席谭耀宗手捧捐款箱，呼吁路过的市民和游客慷慨解囊。香港演艺界人士纷纷带头捐款，并鼓励更多人献出爱心。

与此同时，台湾同胞也深切地牵挂着海峡对岸正遭受灾难重创的同胞们。台湾工商界、文艺界人士纷纷行动起来捐款赈灾。

大力营救

台湾法鼓山、慈济、佛光山、中台禅寺、灵鹫山等台湾宗教、慈善团体也纷纷投入赈灾，设立捐款账户，呼吁民众奉献爱心，还发起了祈愿活动。

14日下午，备战奥运会的中国军团500多名运动员举行捐赠仪式。运动员刘翔为了参加这个仪式，上午专门从上海飞赴北京，他第一个走上台捐款。刘翔和师父孙海平一共向灾区人民捐赠了50万元人民币。

刘翔说："希望社会各界人士，有力出力，有钱出钱，为灾区人民献上一份关爱。我们将积极备战，争取在奥运会中取得更好的成绩，用这种特殊的方式告慰灾区的父老乡亲。"

与此同时，在互联网上，千百万网友用催人泪下的语言哀悼死者，表达他们全力支持抗灾救灾的心情。

在汶川地震发生后，在党中央的领导下，中华民族的精神又一次凝聚，在世界面前，展示了它可以战胜一切困难的伟大力量。

参考资料

《中国汶川抗震救灾纪实》新华社总编室编 新华出版社

《惊天动地战汶川》总政治部宣传部编 解放军出版社

《汶川汶川：四川大地震纪实》徐华编著 花城出版社

《汶川汶川》连玉明 武建忠主编 中国时代经济出版社

《师魂绚丽如虹》李曜明 李伦娥编著 四川教育出版社

《闪光的师魂》文行瑞等主编 天地出版社

《瞬间·永远》李春凯等著 人民文学出版社

《灾难无情天使有情》李秀华 郭燕红主编 人民卫生出版社

《铭记》中央电视台新闻专题部编 中国言实出版社

《汶川大地震中的英雄少年》付兆勤主编 四川大学出版社